# Witches & Demons

Von Diana Zirnstein

# Witches & Demons

Von Diana Zirnstein

Telefon:

1. Auflage, 2020

© Diana Zirnstein – alle Rechte vorbehalten.

Herstellung und Verlag:

BoD- Books on Demand, Norderstedt

ISBN: 978-3-7504-9462-6

# Inhaltsverzeichnis

# Eins

»**Ich** will aber nicht in diese blöde Akademie. Und sowieso, hast du mir viel zu spät erzählt, aus welchen Stoff unsere Familie besteht.« *Was denkst du dir bloß dabei, Mum?*

Meine Mutter machte aus vielen Dingen ein Geheimnis. Eins davon war, dass wir Hexen waren. Mit 16 Jahren, entwickelten wir unsere Kräfte, und meine Mutter hatte es nicht für nötig gehalten, mich darauf vorzubereiten, dass ich aus Versehen mal ein Glas explodieren lassen könnte, weil sie mich wieder genervt hat. Jetzt sollte ich auf eine Hexenakademie gehen, um meine Kräfte kontrollieren zu lernen, und anderen Hexenkram. Wenn ich es damals schon hätte kontrollieren können, hätte ich sie jetzt in eine Kröte verwandelt. Ich weiß, das war jetzt typisch Hexenklischee. Draußen hupte schon der Fahrer, der mich abholen sollte. Ich hatte überhaupt keine Lust, und, total Angst, es zu versauen. Auf meiner alten Schule war ich schon der Außenseiter, was war ich dann dort erst? »Ernsthaft Mum, Hexen?«, sagte ich. Sie hatte keine Ahnung, was sie mir damit antat. Ich musste meine Freunde verlassen, die wenigen, die in der High-School zu mir hielten.

»Ich komm grad mal in Mathe klar, jetzt soll ich auch noch Zauberkräfte beherrschen lernen?«

»Du schaffst das. Es liegt dir in den Genen. Deine Großmutter war eine der größten Hexen unserer Zeit.«, versuchte meine Mutter mich aufzumuntern. *Na toll, jetzt macht sie mir auch noch Druck.* Wie sollte ich an eine Hexe rankommen, die in einer Art Zauberministerium arbeitete und Dämonen bekämpfte? Mir wurde nie etwas über diese Welt und diese Dinge erzählt oder beigebracht.

\*\*\*

Sie drückte mich noch mal und gab mir einen Abschiedskuss auf die Wange, während sie mich zu Tür brachte.

»Igitt. Mum.«, ich wischte mir ihre Spucke aus dem Gesicht und schnappte mir meine Tasche, als ich Richtung Haustür ging.

»Und denk dran: Du kannst mich jederzeit anrufen, wenn was ist.«, rief sie mir hinter her. *Als ob ich das tun würde. Du hast mir das doch eingebrockt.*

Ein dunkler Van wartete schon darauf

mich, in mein neues Gefängnis zu bringen, denn so kam es mir vor. Als wenn ich für etwas bestraft werden sollte.

Mit meinen Kopfhörern in den Ohren und meinem Lieblingsbuch in der freien Hand, stieg ich ins Auto ein.

\*\*\*

Wir fuhren einige Stunden, und die Hälfte der Zeit schlief ich. Endlich hatte ich Ruhe.

Der Fahrer bog auf eine Einfahrt vor einem alten Schloss ein. Das Merkwürdige war, dieses Schloss konnte man überhaupt nicht von Weitem sehen, obwohl es so riesig war. Ich stieg aus und erwartete mein unheilvolles Schicksal. So musste sich Harry Potter vorgekommen sein, als er in Hogwarts ankam, dachte ich. Eine riesige Holztür mit alten Ornamenten darauf war der Eingang. Noch bevor ich klopfen konnte, öffnete sich die Tür wie von Zauberhand. Im Gang begrüßte mich eine merkwürdige Frau, wieder etwas das mich an Harry Potter erinnerte.

»Willkommen Miss Brooks. Ich bin ihre Schulleiterin Miss Crumnickl. Bitte folgen sie mir. Ich zeige ihnen ihr Zimmer.«, sagte sie mit kratziger Stimme.

Miss Crumnickl war eine merkwürdige Person, sie trug einen spitzen Hexenhut und im Mund eine Pfeife. Sie führte mich einen langen Flur entlang, an mehreren Türen vorbei. Eine Treppe führte nach oben in den ersten Stock, dorthin wo mein Zimmer sein sollte.

»Die Erstsemestler wohnen oben mit dem Zweitsemestlern. Uns ist es wichtig, dass sie zusammen mit den älteren lernen und von ihnen lernen.«, erklärte sie mir und blieb an einer Tür stehen. Und öffnete sie.

»Miss Blackwood, ich stelle ihnen ihre

neue Mitbewohnerin vor. Mia Brooks.«, sie schaute ernst in Richtung des Mädchens, welches von ihrem Schreibtisch aufsprang und sich erschrocken hatte.

»Hallo Mia, ich bin Cara. Freut mich dich kennenzulernen.«, Cara reichte mir die Hand und schüttelte sie mir lächelnd.

»Miss Blackwood wird ihnen alles zeigen und erklären.«, meinte Miss Crumnickl und ließ uns alleine.

»Welches ist mein Bett?«, fragte ich. Meine Tasche wurde langsam zu schwer. Cara deutete auf das Bett am Fenster und zeigte mir meinen Schrank. Erschöpft von der Fahrt ließ ich mich auf das Bett fallen und schmiss meine Schuhe in die nächste Ecke. Mir wäre es lieber gewesen, wenn mich jetzt keiner mehr angesprochen hätte, aber das war nicht Caras Plan.

»Ich werde dich jetzt mal rumführen. Nachher gibt es Abendessen.«, meinte sie und zog mich aus dem Bett. »Na los komm schon. Keine Zeit zum Trübsalblasen.«

Widerwillig stand ich auf und ließ die Room Tour über mich ergehen. Was blieb mir auch anderes übrig? Das Schloss oder wie es die anderen nannten, die Akademie, war riesig. In der Mitte gab es eine Statue inmitten eines Springbrunnens.

Die Statue ähnelte einer Ziege. Wieder so etwas typisch Hexenmäßiges. *Ah ja, wir verehren also den Teufel.*

Ob ich mich jemals damit abfinden konnte, eine Hexe zu sein? Klar Zauberkräfte waren schon cool. Und wer würde nicht gerne Zaubern können? Aber mir wäre eine Vorbereitung schon lieber gewesen, anstatt kurzen Prozess.

*Ups, ganz vergessen, du bist ja 16 Jahre alt, und ach ja, deine Hexenkräfte bekommst du jetzt.* Sind Eltern wirklich so vergesslich oder machen sie das mit Absicht?

*** 

Ich stand mit offenem Mund vor der Statue und konnte es nicht fassen, wo ich mich gerade befand. Cara zog mich weiter durch die Gegend und erklärte mir, wo alle Kurse stattfanden. Pünktlich zum Abendessen brachte Cara mich in den Essenssaal. Mich wunderte nicht mehr, dass die Akademie so riesig war, hier liefen über hundert Jugendliche rum.

»Komm, wir holen unser Essen.«, sagte Cara und zeigte in Richtung Küche und Vitrine.

»Warum zaubern wir unser Essen nicht einfach?«, fragte ich, denn wir waren ja Hexen, und könnten es uns doch bequemer machen.

»Das ist nicht erlaubt. Zaubern ist nur im Zauberunterricht erlaubt. Ist eine von vielen Regeln hier.«, erklärte Cara mir und reichte mir ein Tablett und ein Teller.

»Und ich dachte, hier würde es nicht so

langweilig sein, wie auf einer High-School.«, meinte ich Augen rollend.

»Warte es ab. Morgen findet die Einweihungszeremonie statt und dann beginnt dein Unterricht.«, erklärte sie weiter.

\*\*\*

Auf der Suche nach einem Sitzplatz landeten meine Augen bei einem Tisch, an dem nur ein Junge saß. Ich kannte das Gefühl, ein Außenseiter zu sein, und wollte dem Jungen Gesellschaft leisten. Wir setzten uns neben ihm.

»Hey ich bin Mia und das ist Cara.«, stellte ich uns vor. Er sah uns verwirrt an und schaute wieder auf sein Handy.

»Ich bin Connor. Erstsemester«, meinte er, ohne aufzublicken.

»Cool. Ich auch. Weißt du schon länger über diesen Hexenkram Bescheid?«, fragte ich.

»Ich wurde seit 2 Jahren vorbereitet, und

dachte immer die wollen mich verarschen. Bis ich meinen Computer in einen Apfel verwandelt habe.«, er sah uns immer noch nicht an. *Ich verstehe ein Handy-Zombie.*

»Oh, seht ihr die Mädchen dahinten. Haltet euch von denen fern. Das sind die Oberzicken hier. Nina und ihre Freundinnen. Halten sich für die besten Hexen der Welt.«, sie zeigte auf vier Mädchen, die sich fast synchron bewegten. Solche Mädchen gab es wohl auf jeder Schule, und wir nannten sie liebend gern Hexe, aber diesmal stimmte es sogar.

»Kein Problem. Für solche Mädchen bin ich eh unsichtbar«, meinte ich und aß mein Essen. Ich versteckte mich immer lieber hinter einem Buch und verschwand in meiner Fantasiewelt.

Nie hätte ich gedacht, dass diese mal Wirklichkeit werden könnte. Ich war ja quasi ein weiblicher Harry Potter. Und Morgen sollte ich in die Hexenwelt eingeführt werden. Ob ich aufgeregt war? Nein, ich hatte verdammte Schiss davor, ich wusste ja nicht, was auf mich zukommen würde. Wie bei allem, was mit diesem Hexenkram zu tun hatte, wurde ich auch nicht auf diese Zeremonie vorbereitet.

\*\*\*

Am nächsten Tag war es dann soweit. Die superwichtige und für alle zwingend nötige Zeremonie fand statt im großen Saal. Angemessen angezogen und mit weichen Knien ging ich mit Cara in den Saal, um mein neues Schicksal als Hexe anzunehmen. *Ich will hier weg!*

»Liebe Hexen und Hexer, wie jedes Jahr findet heute unsere Einweihungszeremonie der Erstsemestler statt.« Miss Crumnickl sah alle mit ernster Miene an, noch ernster als sonst. »Heute leistet ihr einen Schwur gegenüber dem Hexenzirkel und der Akademie.«, meinte sie und holte ein altes in Leder gehaltenes Buch vom Tisch hinter sich hervor. Sie hielt eine lange und langweilige Rede über die Geschichte der Hexen, welche wir im Unterricht bald näher behandeln würden. Dann sollte einer nach dem anderen von uns nach vorne kommen und schwören. Jeder von uns musste ein Tropfen Blut in einen Kelch abgeben, um dem Schwur zu bestätigten. Dann war ich dran. Alle Augen waren auf mich gerichtet und mein Lampenfieber kroch langsam in mir hoch. Ich schluckte und atmete tief durch, bevor ich den Schwur wiederholte.

»Ich schwöre, den Hexenkodex und die Regeln zu befolgen. Ich schwöre, dass ich niemanden mit meiner Magie schaden oder verletzten werde.« Ich stach mir mit dem heiligen Dolch, den niemand vorher desinfiziert hatte, obwohl sich jeder vorher damit in den Finger stach, in meinen Finger und ließ einen Tropfen in den

Kelch fallen. Ein Zischen war zu hören und damit war ich an den Zirkel und die Regeln der Hexenwelt gebunden. Ein Verstoß hätte zu Folge, dass ich meine mystischen Kräfte verliere.

\*\*\*

Cara stand neben mir und übergab mir ein Buch mit dem Kodex und den Regeln. Eine Tasche mit meinen Büchern für den Unterricht übergab sie mir ebenso.

Jetzt wurde es ernst.

»Dein erster Kurs beginnt gleich. Kräuterkunde bei Mrs. Writch«, erklärte mir Cara und schickte mich in die Richtung des Klassenzimmers. Vor der Tür wartete Connor mit dem Handy vor der Nase wie immer.

»Legst du das Ding auch mal weg?«, fragte ich. Mir fiel auf, dass ich noch nicht einmal meine eigene Mutter angerufen hatte, und ich hatte auch keine Lust, denn sie war letztendlich verantwortlich dafür, dass ich jetzt hier war.

»Hä? Ach so, du bist es Mia.«, meinte er und ging in den Klassenraum. Wir setzten uns zusammen. Ich breitete meine Sachen auf den Tisch aus und wartete auf unsere Lehrerin. Eine kleine ältere Frau mit Brille und weißem Haar betrat den Raum, mit einem Wink ließ sie die Tür zu fallen.

»Guten Tag, ihr Lieben. Ich bin Mrs. Writch und unterrichte euch in Kräuterkunde.«, sie sah mich erfreut an, was mich verwirrte.

»Ah du musst Mia sein. Schön, dass du hier bist. Ich kannte deine Großmutter. Wir waren zusammen auf dieser Akademie Studenten. Und die besten Freundinnen.«, erklärte sie lächelnd. Eine Freundin meiner Großmutter, sollte auch meine Freundin sein, dachte ich bei mir. Tatsächlich bat sie mir an, dass ich jederzeit zu ihr kommen konnte. Endlich ein

Lichtblick in dieser übernatürlichen Welt.

Mrs. Writch hatte Humor, der Unterricht mit ihr machte tatsächlich Spaß.

\*\*\*

Im Zauberkunstunterricht mit Mrs. Frolick lief es anders. Sie war grimmig und man musste sich anstrengen, damit sie jemanden mochte. Sie wurde auch Mrs. Grimmig genannt. Wenn ein Zauber nicht gleich funktionierte, schob sie es auf die Faulheit des Studenten. Als endlich Mittagszeit war, konnte ich endlich durchatmen und mit Cara reden. Connor saß wieder auf sein Handy starrend bei uns.

»Schluss damit. Rede mit uns du Zombie«, sagte Cara und nahm ihm das Handy ab.

»Ey, gib das wieder her.«, protestierte er.

Wir hatten endlich seine Aufmerksamkeit und die nutzten wir aus.

»Ah es lebt«, sagte Cara lachend.

»Was machst du eigentlich ständig darauf?«, fragte ich interessiert.

»Ich kann doch nicht die ganze Zeit am Laptop sitzen, also berechne ich Algorithmen am Handy und später am Laptop mach ich weiter.«, erklärte er uns.

»Ähm wozu?« Ich hatte keine Ahnung, was er da faselte, aber er erzählte irgendetwas von einem Programm, an dem er arbeiten würde. Unser Connor war also ein Nerd und ohne Handy sogar sehr gesprächig. Cara schnüffelte gerade in seinem Handy rum, als Nina an unserem Tisch kam und sich das Handy einfach schnappte und damit wegging.

Cara stand auf und rief ihr zu, dass sie es wiederhaben wollte, doch Nina ignorierte sie und verschwand in Richtung Korridor mit dem Handy.

»Ich krieg dich noch Bitch«, rief sie ihr nach. Auweia, Cara konnte richtig bissig werden.

»Ich schwöre, ich hole das Handy zurück.«, meinte Cara schnaufend und verschränkte die Arme.

»Das will ich hoffen, denn wegen dir hat sie es jetzt.« Connor war genauso sauer.

»Versprochen, ich hole es zurück.«

# Zwei

Clara erzählte mir, dass Nina mit jedem Mist durchkam, sie war die Lieblingsstudentin von Mrs. Crumnickl und ihre Nichte.

»Jetzt reicht es. Ich werde sie dafür büßen lassen, dass sie denkt, sie kann sich alles erlauben.«, meinte sie und sah uns abwartend an. »Kommt ihr mit oder nicht?«

»Was hast du vor?«, fragte ich.

In mir kribbelte eine Aufregung, wie damals, als ich das Glas explodieren lassen habe. Meine Magie wollte raus, aber ich musste sie unterdrücken. Noch durfte ich sie nicht rauslassen. Nicht in der Akademie und schaden durfte ich auch niemanden. Ich wollte es auch nicht, denn ich wusste nicht einmal, wozu ich fähig war bis jetzt.

***

Wir trafen uns in meinem Zimmer und besprachen, wie wir es Nina heimzahlen wollten. Ohne Magie war das gar nicht so einfach, wir mussten also herkömmliche Methoden anwenden.

»Nina wird das Handy in ihrem Zimmer gebracht haben, also muss ich da rein und es holen.«, sagte Cara.

»Sie wird dich wohl kaum einfach rein lassen. Also wie willst du da ohne Magie reinkommen.«, fragte Connor. Wir sollten sie ablenken, und Cara würde sich den Schlüssel besorgen. Ablenken nur wie? Ich hatte eine Idee, und ging nach unseren Treffen mit Connor zu Mrs. Writch. Ich hoffte, sie würde uns helfen können.

»Wir brauchen dringend ihre Hilfe. Nina hat das Handy von Connor gestohlen und wir wollen es zurückholen.«, erklärte ich ihr.

»Ich verstehe. Diese Nina wieder. Immer unter dem Schutz ihrer Tante. Ich werde euch helfen. Schickt sie zu mir, mit der Bitte um Hilfe bei meinen Pflanzen.«, meinte sie. Wir suchten Nina auf und fanden sie schließlich auf einem der Flure mit ihren Anbetern. Sie genoss es sichtlich, umschwärmt zu werden.

»Hey Nina. Mrs. Writch sucht dich überall. Sie sagt, du sollst ihr doch bitte bei ihren Pflanzen helfen. Du könntest deine Note damit verbessern.« Ich wusste, dass ihre Note in Kräuterkunde in Moment nicht die Beste war. Nina zögerte keine Minute und machte sich von ihren Verehrern los.

*\*\**

Cara versuchte, inzwischen an den Schlüssel von Ninas Mitbewohnerin zu kommen. Connor und ich beobachteten Nina bei Mrs. Writch, um notfalls Cara Bescheid zu sagen. Als Cara nach einer halben Stunde grinsend wieder kam mit dem Handy in der Hand, gaben wir Mrs. Writch ein Zeichen, dass alles geklappt hat. Schnell verschwanden wir.

Cara war ganz aufgeregt und wollte uns etwas zeigen.

»Seht ihr das hier? Das ist Ninas Tagebuch. All ihre bösen Geheimnisse. Und peinliche Tatsachen. Die werden wir jetzt gegen sie verwenden.«, sagte sie diabolisch.

Ich wusste nicht, ob mir das gefallen sollte, oder ich langsam Angst bekommen sollte vor Cara.

»Bist du irre? Wenn sie es vermisst, wird sie es suchen, und sicher wird sie denken, dass wir es waren.«, meinte ich.

»Wird sie nicht. Ich habe einen Kopierzauber angewendet.« Sie war komplett irre. Wenn das rauskam, würde sie von der Akademie geschmissen werden.

»Wir dürfen doch nicht Zaubern«, sagte Connor aufgeregt.

»Psst. Nicht so laut. Der Trick ist, sich nicht erwischen zu lassen.«, erklärte sie. Es klang ganz danach, als hätte sie das schon öfter getan. Wir öffneten das Tagebuch und erfuhren interessante Dinge über Nina. So perfekt, wie sie immer tat, war sie gar nicht. Sie hatte Selbstzweifel und versuchte, sich immer besser hinzustellen als sie war. Und das Beste kam noch, sie war total neidisch auf Cara, denn sie hatte überall Einsen in den Kursen, und Nina nicht. Das gab Cara schon fast Genugtuung, aber sie wollte noch mehr.

***

Aus Ninas Tagebuch erfuhren wir, dass sie allergisch auf Erdbeeren mit einem Ausschlag reagierte. Aus der Küche besorgten wir uns Erdbeeren, die wir fein pürierten und in Ninas Smoothie kippten, als sie im Speisesaal ihr Frühstück holte. Wir achteten darauf, dass niemand uns beobachtete, und verschwanden dann schnell an unseren Tisch.

»Meinst du, sie riecht es vielleicht vorher?«, fragte ich nach. Ich hatte keine Lust darauf, erwischt zu werden, und am Ende selbst Ärger zubekommen.

»Quatsch. Durch den Strohhalm riecht sie nichts.«, meinte Cara selbstsicher. Nina kam mit ihren Essen wieder und unterhielt sich angeregt mit ihren Freundinnen Desiree und Nadja. Dann nahm sie einen großen Schluck aus ihrem Smoothie. Ein paar Minuten später sahen alle Nina lachend an und zeigten mit dem Finger auf sie.

»Was haben die denn alle? Habe ich was im Gesicht? Nadja gib mal deinen Spiegel«, verlangte Nina verwirrt. Ihre Freundinnen sahen sie mit Furcht in den Augen an. Als Nina sich im Handspiegel von Nadja ansah, kreischte sie erschrocken los und rannte aus dem Saal. Alle lachten, aber ihre Freundinnen rannten ihr nach. Wir klatschten ein und freuten uns über unseren Streich.

»Sehr gut. Bald folgt Phase 2.«, erklärte Cara.

»Was? Ist das dein Ernst? Du hast immer noch nicht genug?«, fragte ich überrascht über ihre Aussage nach. Sie meinte es ernst. Ich befürchtete das Schlimmste, und hoffte, es würde gut gehen.

***

Cara verhielt sich die nächsten Wochen verdächtig ruhig, bis ich erfuhr warum. Es war die berühmte Ruhe vor dem Sturm. Während ich mich langsam an dem neuen Tagesablauf in der Akademie gewöhnte, heckte sie ihren nächsten Plan aus. Als wir uns nach dem Zauberunterricht trafen, verriet sie mir endlich ihren Plan. Auch wenn ich den eigentlich lieber nicht wissen wollte.

»Im Tagebuch stand etwas, dass ich schon letztes Jahr vermutet hatte. Nina hat bei der Wahl zu Weihnachtskönigin betrogen.«, erklärte sie mir. Das passte zu dieser Person. Misstrauisch sah ich Cara an und wollte wissen, was es mit ihrem Plan zu tun hatte.

»Ganz einfach. Der Weihnachtsball findet in einer Woche statt, sie wird sicher wieder versuchen, zu gewinnen. Und diesmal werde ich ihren Betrug mit eurer Hilfe auffliegen lassen.«, meinte sie. Nina sollte für ihr Verhalten einmal bestraft werden. Okay, das konnte ich verstehen, und war neugierig, wie Cara das anstellen wollte.

»Also was hast du vor?«

»Wir werden sie verfolgen und auf frischer Tat erwischen, indem wir sie filmen, wie sie die anderen erpresst und besticht.«, erklärte sie. Sie wäre ein toller Detektiv geworden, wenn sie keine Hexe wäre.

\*\*\*

Wir teilten uns die Verfolgung auf, denn nicht jeder konnte in Ninas Nähe sein. Cara filmte sie heimlich mit ihrem Handy im Unterricht, wenn sie anderen Geld zusteckte, damit sie Nina wählten. Ich erwischte Nina dabei, wie sie jüngere Studenten sogar bedrohte, damit sie gewählt wurde. Es kam einiges an Material zusammen. Connors Aufgabe war es nun, das Ganze zusammen zuschneiden zu einem Film.

\*\*\*

Dann war es endlich soweit. Im Zauberunterricht hatten wir einen speziellen
Zauber gelernt, mit dem wir Schnee zaubern konnten. Man warnte uns vor, wenn
wir uns nicht genug konzentrieren und
nicht auf die Aussprache achten, könnte
aus ein paar Flocken ein mächtiger
Schneesturm werden. Wir standen alle in
dem großen Saal und schmückten ihn mit
Schneeflocken, die vom Himmel fielen,
und auf dem Boden wieder schmolzen.
Ein großer Weihnachtsbaum stand am
Fenster und beleuchtete den ganzen Saal.
Alles war wunderbar festlich geschmückt.
Alle waren gut drauf und Nina ahnte
nichts von ihrem baldigen Verderben. Sie
war siegessicher, als die Siegerin ver-
kündet werden sollte. Connor stand mit
seinem Laptop in einem Nebenzimmer
und wartete auf seinen Einsatz. Cara und
ich lächelten uns an, und waren bereit,

unseren Triumph zu genießen. Ich schrieb Connor eine Nachricht, dass es nun so weit war. Nina betrat lächelnd die Bühne, hinter ihr leuchtete die Leinwand auf mit der Überschrift:

*Nina unsere Weihnachtskönigin.*

Die arme Nina dachte tatsächlich, es wäre ein Loblied auf sie. Dann lief der Film weiter, und alle starrten wie gebannt in ihre Richtung. Ihre Tante, Mrs. Crumnickle wurde ganz rot vor Wut. Sie zog Nina von der Bühne, mit einem Gesichtsausdruck, der Bände sprach. Ihre ach so tolle Nichte, hatte gerade ihren eigenen und den Ruf ihrer Familie ruiniert.

Connor kam aus seinem Versteck und grinste zufrieden.

»Und wie war ich?«, er lachte als er sah, wie alle kicherten.

»Perfekt.«, sagte Cara und klopfte ihm auf die Schulter. Ein paar Minuten später kamen Mrs. e und Nina wieder aus dem

Büro. Nina sah ziemlich mitgenommen aus.

»Aus gegebenen Anlass, wird es eine neue faire Wahl geben. Und Nina wird mit einer Woche Küchendienst für ihr Fehlverhalten bestraft.«, erklärte Mrs. e streng. Diesmal kam Nina nicht davon, und Cara vernichtete die Kopie des Tagebuchs endlich. Damit war auch ich endlich guter Hoffnung, dass nun alles normal weiterlief. Hoffte ich.

# Drei

Nina trat ihre Strafe widerwillig an. Man konnte sehen, wie sie es hasste, sich mit dreckigen Dingen zu beschäftigen. Uns machte es dagegen Spaß und wir ließen absichtlich Essensreste auf den Tellern. Ab und zu hörte man, wie sie einen Teller fluchend fallen ließ.

\*\*\*

Für uns ging der Alltag weiter. Ich traf mich oft mit Mrs. Writch, um mit ihr über meine Großmutter zu reden. Es war wirklich spannend, zu hören, wie sie zu so einer großen Hexe wurde. Für mich erklärte sich aber auch, warum ich nie auf ihren Dachboden durfte. Dort versteckte sie nämlich ihre Zaubertränke und Bücher vor mir. Anscheinend wollte weder meine Mutter noch meine Großmutter mir vor meinem 16. Geburtstag erzählen, dass ich eine Hexe war. Ich hatte mich in den letzten Wochen sehr gut eingelebt, und das Zaubern im Unterricht machte wirklich Spaß. Connor und Cara wurden richtig gute Freunde.

\*\*\*

Wir wollten uns gerade unten zum Frühstück treffen, als wir auf eine Traube von Menschen im großen Saal sahen.

»Was ist da denn los?«, fragte ich die beiden neugierig und ging mit ihnen den Saal. Wildes Getuschel und ein Durcheinander herrschten am heiligen Altar. Bis

36

wir sahen, dass der Altar, der aus unzerstörbarem Granit geschaffen war, zerstört in alle Einzelteile auf den Boden lag.

»Wie ist das möglich? Er kann doch gar nicht zerstört werden.«, fragte Cara verwirrt. Mrs. Crumnickle kam dazu und sah schockiert in die Menge.

»Niemand bewegt sich. Der Schuldige ist unter uns.«, befahl sie wütend.

»Einer von uns? Wie? Wer soll das schaffen? Wir sind doch alle Anfänger.«, meinte ich verwundert.

»Niemand kann den Altar zerstören, außer es wird ein mächtiger verbotener Zauber gesprochen. Und der ist wie gesagt verboten.«, erklärte Mrs. Crumnickl. Wir sahen uns alle gegenseitig an. Mein Blick fiel auf Nina und ihre Freundinnen, sie sahen nicht gerade schockiert aus, viel mehr erfreut. Nina war immer noch sauer, weil sie überführt und bestraft wurde. Vielleicht tat sie es aus Rache. Hat sie sich vielleicht ins Büro in ihrer Tante geschlichen, um nach dem Zauber zu suchen? Sie hatte definitiv ein Motiv, aber wäre sie wirklich dazu im Stande?

Ich beschloss sie nach dem Unterricht, in der Pause darauf anzusprechen.

»Sag mal Nina, ist es nicht seltsam, dass du gerade erst bestraft wurdest, und kurz darauf wird der Altar zerstört. Jeder weiß doch, wie sauer du bist. Hast du etwas damit zu tun?«, fragte ich sie gerade heraus. Empörung spiegelte sich in ihrem Gesicht.

»Ernsthaft? Du verdächtigst mich? Dabei hättest du doch selber ein Motiv. Du und Cara.«, da sprach die Eifersucht aus ihr. »Ich könnte meiner Familie so etwas nie antun. Aber ich werde den Schuldigen schon finden«, meinte sie und zog ihre Augen zu einem Schlitz zusammen. Drohte sie mir etwa?

»Wenn du meinst. Wir suchen ihn nämlich selbst, und werden dich im Auge behalten.«, erwiderte ich drohend.

»Mach das. Wenn du mich entschuldigst, der Unterricht beginnt gleich«, sagte sie und drehte sich auf dem Absatz um und ging.

\*\*\*

»Entschuldige bitte.«, erklang eine Stimme hinter mir. »Ist das der Unterricht von Mrs. Writch? Ich bin erst heute angekommen und kenn mich noch nicht so aus hier.« Smaragdgrüne Augen starrten mich an und diese Augen gehörten einem Jungen. Wie hypnotisiert sah ich ihn an und brachte keinen Ton raus. Das war mir zuvor noch nie passiert. Blinzelnd kam ich wieder in die Realität zurück.

»Was? Ja das ist er.«, sagte ich und krallte mich an meinen Büchern fest, als würden sie mir helfen, den Boden unter den Füßen nicht zu verlieren.

»Danke dir. Ich bin übrigens Damien.«, sagte er und lächelte mich an, als er an mir vorbei ging. Mia reiß dich zusammen und konzentrier dich auf den Unterricht jetzt. Ein Junge wird dich doch nicht durcheinanderbringen. Ich versuchte, mich wirklich zusammen zu reißen, aber seine Augen schwirrten die ganze Zeit in meinem Kopf herum. Vor allem, weil er ständig in meine Richtung sah.

»Mia. Pass auf. Mrs. Writch kommt«, ermahnte mich Connor. Schnell sah ich wieder auf das Lehrbuch mit den Kräutern.

»Was findest du denn an dem Neuen? Der ist doch voll langweilig.«, meinte Connor flüsternd.

»Ich? Gar nichts. Warum fragst du?«, erwiderte ich. Er warf mir einen vielsagenden Blick zu. Den Rest des Unterrichts versuchte ich, schlau aus Damien zu werden. Warum starrte er mich die ganze

Zeit so an? Als der Unterricht endlich vorbei war, konnte ich ihn aus dem Weg gehen. Ich rannte schnurstracks in Cara rein, die auf mich wartete.

»Hey Mia. Warte mal. Was ist denn los?«, rief sie mir hinter mir.

»Oh Cara. Sorry. Ich habe dich nicht gesehen.«, sagte ich und blieb stehen.

»Mia hat sich wohl verknallt in den Neuen.«, meinte Connor lachend.

»Welcher Neue?«, fragte Cara verwirrt nach. Connor deutete auf Damien, der gerade den Raum verließ und mich anlächelte.

»Ach so der. Weiß jemand mehr über ihn? Ich meine, er ist recht spät hier im Semester aufgetaucht.«, meinte Cara. Connor zuckte mit dem Schultern und tat so, als ob es ihm nicht interessierte.

»Du weißt doch sicher mehr Connor. Ich kenn dich doch.«, meinte Cara. Er erzählte uns, dass Damien wie ein Phantom war.

Bevor er hier aufgetaucht war, gab es nichts über ihn zu finden im Internet.

»Unmöglich. Jeder hat doch irgendwo einen Eintrag im Internet und Sozialen Netzwerk.«, meinte ich.

»Damien nicht. Es ist, als ob er vor heute Vormittag gar nicht existiert hätte«, erklärte er weiter. Mysteriös. Jetzt wurde ich neugierig auf ihn und wollte ihn plötzlich gar nicht mehr aus dem Weg gehen. Ob Damien etwas zu verbergen hatte? Wo kam er plötzlich her?

»Wie ich sehe, habt ihr ein Auge auf unseren Neuen geworfen. Aber ich warne euch. Lasst lieber die Finger von ihm. Irgendwas stimmt mit ihm nicht. Er wirkt zu unschuldig.«, meinte Nina im Vorbeigehen. Sie spürte es also auch.

\*\*\*

Nachdem wir genug Vermutungen angestellt hatten, machten wir uns auf dem

Weg zum Essen. In einer sehr vertieften Unterhaltung über den Zauberkampf im nächsten Jahr, unterbrach uns Damien. Mit dem habe ich jetzt gar nicht gerechnet und ich war völlig perplex, als er mich fragte, ob ich ihm Nachhilfe geben könnte, da er einiges aufholen musste. Wie könnte ich nur seinen grünen Augen widerstehen?

»Ach na klar. Kann ich machen« das war die Gelegenheit, mehr über ihn zu erfahren.

»Gut dann Treffen wir uns später im Pavillon?«, fragte er. Ich nickte ihm zu und wandte mich wieder Cara zu. Damien ließ uns wieder alleine und ich musste mir ein Grinsen verkneifen. Erfolglos, denn die beiden hatten meine Freude über Damiens Bitte längst bemerkt.

»Was war denn das jetzt? Du sollst den mysteriösen Neuen Nachhilfe geben?« Cara schubste mich an.

»Warum auch nicht? Mia ist schließlich

die Jahrgangsbeste inzwischen.«, meinte Connor. Er bevorzugte mich gegenüber Nina, die eigentlich viel hübscher war als ich. Mein Ego strahlte innerlich. Ich hatte keine Ahnung, was ich zum Lernen mitnehmen sollte, also versuchte ich einfach, alle meine Notizen und Bücher mitzunehmen.

***

Als alle Kurse zu Ende waren, trafen wir uns draußen im Pavillon. Mittlerweile waren angenehme Frühlingstemperaturen und man konnte die Luft richtig genießen. Ich überraschte Damien bei einem Telefonat mit jemanden. Ich wollte nicht lauschen, aber es war nicht zu überhören.

»Ja, es läuft gut. Keine Angst. Ich halte mich an den Plan.« Er sprach mit jemanden über einen Plan? Seltsames Gespräch, dachte ich, Zeit es zu unterbrechen.

»Ähem. Entschuldige. Bist du soweit?«,

fragte ich, und lächelte ihn unschuldig an, als ob ich gerade erst gekommen wäre.

»Oh Mia. Na klar.«, überrascht von mir, legte er auf und steckte sein Handy weg.

Wir setzten uns an den Tisch und überlegten, wo wir anfangen sollten. Aber meine Neugier war auch groß.

»Wer war das am Handy?«, fragte ich nebenbei nach. Er sah mich kurz an, als würde er eine Antwort überlegen.

»Ach das war nur meine Mutter. Sie wollte wissen, wie es hier läuft. Sie plant immer gerne die Zukunft der anderen.«, meinte er und verdrehte die Augen. Beim Lernen über Kräuter versuchte ich, mehr über ihn herauszubekommen.

»Wo kommst du eigentlich her? Du bist echt spät ins Semester gekommen.«, ich suchte eine Antwort in seinen Augen, und verlor mich schon wieder darin.

»Kansas. Wir sind erst vor Kurzem in die Nähe gezogen. Bei uns gab es keine

Akademie für Hexen.«, erklärte er beiläufig.

»Also bist du so etwas, wie ein einsamer Cowboy.«, meinte ich lächelnd. Er lächelte zurück.

»Kann man so sagen. War schon etwas einsam bei uns. Aber hier bin ich ja unter Hexen und gelte nicht mehr als Freak.«, meinte er nachdenklich. Er fühlte sich hier angekommen, und angenommen, das merkte man. Unsere Blicke trafen sich immer wieder, während wir lernten. Er verstand schnell und hatte eigentlich keine Probleme den Stoff nachzuholen. Man merkte gar nicht mehr, dass er erst Anfänger war.

»Hast du eigentlich schon Angst vor dem Blutritual am Ende des Semesters?«, fragte er mich überraschend.

»Dem was? Blutritual?« Wovon sprach er? Wieder etwas Neues, wovon man mir nichts gesagt hatte, und dann hatte es auch noch so einen gruseligen Namen.

»Ja. Hat dir das noch keiner erzählt?«, fragte er. »Bei dem Ritual erfährst du, ob du eine Weiße oder eine dunkle Hexe bist. Danach erkennst du deine Berufung.«, meinte er weiter.

»Davon hör ich das erste Mal. Dann hat Cara, das Ritual bestimmt schon hinter sich. Aber wo soll der Unterschied zwischen Weißer und Dunkler Hexe sein?«, fragte ich neugierig. Unser Blut entschied, wer wir waren. Dunkle Hexe bedeutet, man neigt zu schwarzer Magie. Und im zweiten Semester, würde man keine Standardzauber mehr lernen, sondern Spezialisierungen, die zu unserer Magie dann passen würden, erklärte Damien. Er wusste ziemlich viel für einen Erstsemestler, aber vielleicht hatte er auch Geschwister, die ihm davon erzählten.

*\*\**

Die Stunden vergingen und langsam ging die Sonne unter, auch der Hunger überkam uns und wir gingen wieder rein.

»Danke für deine Hilfe. Es hat mir wirklich Spaß gemacht.«, er nahm meine Hand und gab mir einen Kuss auf den Handrücken.

»Gern geschehen«, meinte ich und spürte, wie die Röte in mein Gesicht stieg.

***

Nach dem Essen lag ich auf meinem Bett und dachte noch viel über dieses Blutritual nach.

»Sag mal Cara. Bist du eigentlich eine Weiße oder Dunkle Hexe?«, platzte es aus mir raus.

Sie verschluckte sich an einem Cracker und fing heftig an zu husten.

»Was? Wieso fragst du?«, langsam beruhigte sich ihr Husten wieder.

»Ich rede von dem Blutritual, welches

du doch vor ein paar Monaten gerade machen musstest.«

»Woher weißt du davon? Also ich konnte es nicht machen. Ich werde es mit dem Erstsemestlern nachholen. Ich durfte es damals nicht, weil ich krank war. Und das würde das Ergebnis verfälschen.«, erklärte sie in einem Atemzug.

»Und wie machst du dann das zweite Semester mit?«, fragte ich verwirrt. Sie hatte keine Spezialisierung und wusste nicht, worauf sie achten sollte.

»Oh. Ach, das meinst du. Na ja, ich darf in jedem Kurs mitmachen. Ich hänge eben nur etwas hinterher. Sobald ich aber weiß, was meine Berufung ist, darf ich mir meine Spezialisierung suchen.«, meinte sie.

Cara machte sich wohl keine Sorgen darüber, was wird, wenn sie eine dunkle Hexe ist. Ich dagegen überlegte, was ich dann tun sollte. War ich vielleicht entgegen meiner Überzeugung eine dunkle Hexe? Und was passiert mit den dunklen Hexen, die doch böse waren, oder böses Blut in sich hatten. Ich hatte keine Ahnung von dem ganzen Hexenleben. Aber war ich nicht genau deshalb auch hier, um es zu lernen und zu verstehen?

# Vier

Ein explosionsartiges Geräusch holte mich mitten mit in Nacht aus dem Bett. Cara und ich zogen unsere Morgenmäntel an und liefen runter.

»Hast du das gehört? Dieser Knall. Wie eine Explosion.«, meinte ich. Hoffentlich ist niemanden etwas passiert. Es hörte sich gar nicht gut an. Als wir am Brunnen ankamen, starrten wir schockiert auf eine geköpfte Ziegenstatue. Was war hier passiert?

»Ach du scheiße? Erst der Altar und nun das hier.«, meinte Cara geschockt. Die

Ziegenstatue stand für den Teufel, den Herren der Hexen. Irgendjemand hatte es auf unsere Schule abgesehen. Ich sah mich um, ob ich jemanden oder etwas sehen konnte.

»Cara da hinten. Der Typ mit der Kapuze.«, wir rannten schnell hinterher und versuchten, ihn einzukriegen. Der Kapuzentyp hatte irgendwas mit der Statue zutun, sonst wäre er nicht weggelaufen. Als er Richtung Ausgang abbog verloren wir ihn aus den Augen, stattdessen kam uns Damien entgegen mit einem Buch in der Hand.

»Mia? Was machst du denn hier?«, fragte er mich verdutzt.

»Das gleiche könnte ich dich auch fragen. Es ist 3 Uhr morgens.«, meinte ich misstrauisch.

»Ich konnte nicht schlafen und war etwas in der Bibliothek.«, meinte er und zeigte auf sein Buch.

»Hast du hier einen Typ mit Kapuzen-
umhang weglaufen sehen?«, fragte Cara.
Damien schüttelt den Kopf und meinte, er
hätte niemanden gesehen.

»Ist etwas passiert oder warum seid ihr
so aufgeregt?«, fragte er und klappte sein
Buch zu.

»Das kann man wohl sagen.« Ich
erklärte ihm, was passiert war und er sah
uns überrascht an. Es brachte nichts mehr,
der mysteriöse Kapuzenmann war verschwunden.

Mir ging der verbotene Zauber, von dem
Mr. Crumnickle sprach, nicht mehr aus
dem Kopf. Ich wollte wissen, was es damit
auf sich hatte. Cara konnte ich sicher nicht
fragen, sie würde nicht viel wissen und
Mrs. Crumnickl würde sich hüten, uns
über einen verbotenen Zauber mehr zu
erzählen. Es musste einen Grund geben,
warum er verboten war. Der Einzige, der
mir einfiel, der etwas wissen konnte, war

Damien. Ich hatte das Gefühl, er wusste mehr über diese Welt als andere in der Akademie.

***

Damien saß an diesen Samstagmorgen in der Bibliothek und las Bücher über Kräuter nach. Perfekte Gelegenheit für mich, denn wir waren mal wieder unter uns.

»Hi. Du auch hier?«, meinte ich unschuldig. Er sollte nicht denken, dass ich ihn suchen würde. Ich war rein zufällig hier und traf ihn einfach nur so.

Wir würden ins Gespräch kommen und dann, stellte ich ihm meine Fragen.

»Ja. Ich lese gerne hier. Es ist so schön ruhig.«, sagte er und lächelte mich an.

»Stimmt. Kann ich mich zu dir setzen oder stör ich dich?«, fragte ich nach und legte meine Bücher neben ihn auf den Tisch. Mit Absicht schlug ich eins über

Zauber auf und tat so, als würde ich drin lesen.

»Sag mal, weißt du zufällig, von welchen Zauber Mrs. Crumnickl gesprochen hatte am Altar?«, fragte ich und blätterte eine Seite um, ohne ihn anzusehen. Aus dem Augenwinkel sah ich, dass er etwas nervös wurde.

»Darüber sollten wir nicht sprechen.«, meinte er und sah sich nervös um. »Wenn du wirklich was darüber wissen willst, dann komm in 10 Minuten zum Pavillon. Hier können wir nicht reden.«, erklärte und stand auf, um zu gehen. Ich konnte gerade noch »Okay«, sagen, da war er auch schon verschwunden. Der Pavillon schien unser neuer Treffpunkt zu werden.

Im Pavillon wartete ich auf ihn. Gerade als ich dachte, er würde mich nur verarschen und gar nicht erst kommen, kam er durch die Tür in den Hinterhof.

***

»Du weißt aber, dass der Zauber verboten ist, und wir eigentlich nicht mal darüber reden dürfen?«, meinte er mit einem ernsten Unterton. Ich hatte also recht, er wusste definitiv mehr darüber. Was er wohl noch für Geheimnisse hatte?

Er setzte sich neben mich und begann zu erzählen.

»Dieser Zauber ist verboten, weil er einen mächtigen Dämon beschwört. Dieser Dämon, kann einfach alles zerstören, was sein Meister verlangt. Er verlangt aber immer eine Gegenleistung.«, erklärte er nachdenklich. »Vor ein paar Jahren hat ihn jemand beschworen, und eine ganze Stadt ausgelöscht. Danach wurde der Dämon wieder in die Unterwelt verbannt. Der Zauber wurde verboten und aus den Büchern gelöscht, so dass niemand ihn je wieder anwenden konnte.«, sagte er weiter.

»Ach du Scheiße, das ist ja krass. Und woher weißt du das alles?«, fragte ich berechtigt, denn als Anfänger über einen verbotenen Zauber Bescheid zu wissen, war schon merkwürdig.

»Ich bin mit der Hexenwelt aufgewachsen. Meine Mutter hatte mir schon viel beigebracht, bevor ich meine Kräfte bekam.«, erklärte er. Im Gegensatz zu mir war der einsame Cowboy auch noch eine eingefleischte Hexe. Ich verstand, dass ich von ihm noch einiges lernen konnte über diese mir unbekannte Welt. Jetzt machte mir das Ritual noch mehr Angst. Wenn ich eine dunkle Hexe wäre, hätte ich im zweiten Semester mehr mit solchen dämonischen Dingen zu tun.

»Ich beneide dich. Du weißt viel mehr als ich über diese Dinge, und ich wurde nicht mal auf mein Schicksal vorbereitet.«, stellte ich neidisch fest.

»Wie meinst du das?«, fragt Damien

verwundert.

»Ich wusste von den ganzen Zauberkram nichts. Ich wusste nicht mal, dass meine Großmutter eine ziemlich bekannte Hexe war. Ich habe nie was geahnt. Als ob, sie verhindern wollten, dass ich es erfahre.«, meinte ich nachdenklich. Damien versuchte, mich aufzumuntern, in dem er mir erklärte, dass mich meine Familie nur schützen wollte, weil diese Welt eben gefährlich sein kann. Ich hatte vor, meine Mutter demnächst mal genauer auszufragen.

# Fünf

Mich interessierte nun wirklich, warum ich nicht wie die anderen von klein auf an aufgeklärt wurde über diese andere Welt, die es gab. Gab es einen Grund dafür, oder wollte meine Mutter nur einfach nicht, dass ich so früh damit aufwachse?

\*\*\*

Es waren Ferien und diesmal nutzte ich sie aus, um meine Mutter mit Fragen zu löchern.

»Mum, warum hast du mir erst so spät erzählt, dass ich eine Hexe bin? Ich meine jeder in der Akademie ist damit aufgewachsen und kennt sich schon besser aus als ich.«, stellte ich sie vor den Tatsachen. Sie hatte anscheinend nicht mit dieser Frage gerechnet und das, obwohl ich kurz nach der Erkenntnis damals, sofort nachgefragt hatte. Sie ließ das Geschirr in der Spüle fallen und starrte plötzlich, als hätte sie einen Geist gesehen, aus dem Fenster.

»Ich weiß nicht, es hat sich einfach nicht ergeben vorher. Und ich wusste auch nicht warum.«, meinte sie, aber ich spürte, dass sie mir etwas verschwieg.

»Das glaub ich dir nicht. Sag mir die Wahrheit, warum durfte ich nicht als Kleinkind schon etwas über Hexen erfahren?«, fragte ich nach und stand direkt hinter ihr. Sie drehte sich abrupt um und ging mir aus dem Weg.

»Ach Quatsch. Natürlich hast du etwas über Hexen gehört, als du klein warst.«, meinte sie und trocknete wie wild das Geschirr ab. Ich war der Sache auf der Spur, sie hatte vor etwas Angst.

»Ich meinte keine Märchen und Fabeln, Mum.«, ich stellte mich ihr in den Weg und forderte sie heraus. Sie schluckte und traute sich nicht mir in die Augen zu sehen. Eindeutig gab es einen Grund, warum sie sich gerade verhielt, als hätte ich sie beim Kiffen erwischt. Sie sah mich mit Tränen in den Augen an und ihre Lippen bebten.

Was war hier los?

»Es gibt da etwas, dass du nicht weißt.«, sagte sie.

»Ach noch etwas? Sag bloß«. meinte ich schroff.

»Über deinen Vater.«, fuhr sie fort. Echt jetzt? Über meinen Vater wollte sie mit mir reden? Ich kannte meinen Vater nicht. Meine Mum hatte mir nie etwas über ihn erzählt und, bis eben hatte ich auch nicht das Bedürfnis danach etwas über ihn zu erfahren.

»Okay was ist mit ihn?«, wollte ich wissen.

»Ich weiß nicht, wie ich es dir erklären soll.«, das schien allgemein ihr Problem zu sein. Sie wusste nie, wie sie mir etwas erklären sollte. Sie setzte sich auf einen Stuhl und fing an zu erzählen.

»Dein Vater ist kein normaler Mensch gewesen. Auch kein einfacher Hexer.«, erklärte sie. Ich verstand nichts mehr.

»Wie? Was soll er denn sonst gewesen sein?«, ich starrte sie fassungslos an, als sie es aussprach. Mit einem Verbrecher oder etwas ähnlichen habe ich gerechnet, aber nicht damit, was dann folgte.

»Er war ein Dämon.«, sagte sie einfach so und wartete auf meine Reaktion.

»Du willst mich verarschen. Genau, du verarscht mich. Dämonen sind Wesen aus der Hölle, und sie können sich doch gar nicht mit Menschen vermehren.«, meinte ich verwirrt und warf wütend den Stuhl um, der vor mir stand.

»Doch können sie. Wenn sie in Menschengestalt sind. Und das war dein Vater.« Ich verstand noch immer nichts.

»Du hast deine Kräfte nicht erst, seit du 16 bist, sondern von Geburt an. Deine Großmutter und ich haben sie mit einem Zauber unterdrücken können. Jedenfalls die dämonischen Kräfte. Deine Hexenkräfte allerdings hast du nun bekommen.«

Ich war also ein Hybrid oder sowas. Ein Hexendämon? Sauer lief ich in mein Zimmer und knallte die Tür hinter mir zu. Mir dröhnte der Schädel und in mir stieg eine unbändige Wut auf, die ich rauslassen musste. Eine heftige Hitze stieg in mein Gesicht, ich hatte das Gefühl, meine Augen würden glühen, als meine Mutter in der Tür stand und mich erschrocken ansah.

»Mia!«, rief sie mir entsetzt zu. Sie

sprach einen Schlafzauberspruch und ich fiel in mich zusammen.

Dunkelheit überkam mich und Frieden.

\*\*\*

Als ich aufwachte, saß meine Mutter neben mir und hielt beruhigend meine Hand.

»Mia Schatz, geht es dir besser?«, fragte sie besorgt nach.

»Was ist passiert?«, ich konnte mich nur an wenig erinnern. Das Letzte war, dass ich wütend auf meine Mutter war und dann nichts mehr.

»Ich musste dich zum Schlafen bringen.«, meinte sie und streichelte mir über das Haar.

»Sind Hexenkräfte immer so anstrengend?«, fragte ich nach und setzte mich auf.

»Nein. Das waren keine Hexenkräfte, Schatz. Deine Augen glühten genau wie die von deinem Vater. Deine Dämonen-kräfte kommen zurück.«, erklärte sie mir. »Hätte ich dich nicht gestoppt, hättest du wohl das Haus zerstört.«, meinte sie. Meine Wut war verflogen, und mir wurde klar, dass ich nun mehr über meinen Vater wissen musste.

»Wer war mein Vater. Warum wart ihr zusammen und wie?«, fragte ich nach. Sie fing an zu erzählen, dass sie sich zufällig getroffen hätten, und sie spürte, dass er anders war.

»Ich wusste, er war ein Dämon, aber kein bösartiger, wie andere. Er rettete mir sogar das Leben. Wir verliebten uns ineinander, und dann kamst du.«, erklärte sie lächelnd. »Wir waren überwältigt von der Tatsache, dass es dich gibt. Halbhexe und Halbdämon. Sowas ist extrem selten.«, meinte sie.

»Aber wo ist er jetzt?«, ich traf einen wunden Punkt, ihr liefen Tränen über die

Wange.

»Er ist tot. Er wollte dich beschützen und hat sich geopfert. Andere Dämonen wollten dich jagen. Da du etwas Besonderes bist. Auch mächtiger als ein Dämon oder eine Hexe alleine. Wir zerstörten sie, aber auch er wurde getroffen.«, erklärte sie. Mum erklärte mir, dass sie meine Kräfte unterdrücken mussten, damit die Dämonen mich nicht mehr finden konnten. Ich sollte so normal wie möglich aufwachsen, damit ich nicht auffallen konnte. Meine Mutter wendete nie wieder Magie an. Bis heute.

# Sechs

Bei meiner Rückkehr nach den Ferien beschloss ich, niemanden über meine Dämonenseite zu erzählen. Ich wäre wahrscheinlich sogar von der Akademie geflogen. Allerdings musste ich nun aufpassen, mehr denn je. Ich hatte meinen inneren Dämonen, wie ich nun nannte, nicht unter Kontrolle. Beim ersten Mal brachen sie aus, als ich wütend war, was bedeutete, die Kräfte waren stark an meine Emotionen gekoppelt. Vielleicht war es das, was ich immer in mir brennen spürte, wenn ich sauer war. Anfangs hielt ich es für meine Hexenmagie, die ausbrechen wollte, aber nun war mir klar, die Dämonenseite bahnte sich ihren Weg. Keiner hatte auch nur eine geringste Ahnung, wozu ich im Stande war. Nicht mal ich. Nur eins wusste ich, Dämonen waren gefährlich, also war ich es auch. Und was war, wenn dieser Zerstörer Dämon hinter mir her war und nicht nur die Schule zerstören wollte?

Umso mehr ich darüber nachdachte, desto mehr Panik bekam ich.

\*\*\*

Cara saß in unserem Zimmer und las in einem Buch. Sie bemerkte mich gar nicht, als ich das Zimmer betrat. Mit einem Seufzen ließ ich mich auf mein Bett fallen.

»Mia? Ich habe dich gar nicht reinkommen hören.« Cara legte ihr Buch weg und sah mich Stirn runzelnd an. Sie hatte ein Gespür dafür, wenn es anderen Menschen schlecht ging, sie konnte nur eine Hexe der weißen Magie werden. Aber was mich anging, war ich nun nicht mehr so sicher. Was machte das Dämonenblut in mir? Würde es das Ergebnis verfälschen oder sogar eindeutig böse enden lassen? Ich wollte gar nicht darüber nachdenken. Es war nicht mal bekannt, ob es einen weiteren Hybriden wie mich gab, ich hatte also keinen Vergleich.

»Ach nichts. Ich vermisse nur jetzt schon mein Zimmer. Die Ferien sind immer viel zu kurz.«, log ich sie an. Die Sommerferien und damit das Blutritual, kamen mit großen Schritten näher. Und dann gab es noch diesen Dämon, der hier umhergeisterte.

»Bist du sicher, dass sonst alles ok ist?«, hakte Cara nach. Ich wünschte mir, ich hätte ihr alles erzählen können. Eigentlich wusste ich, dass ich es konnte. Ich vertraute ihr.

\*\*\*

Die nächsten Tage überkam mich immer wieder, das Gefühl, dass meine Dämonenkräfte ausbrechen wollten, vor allem wenn mich Nina provozierte. Ihre arrogante Art trieb mich in den Wahnsinn. Sie stand mit ihrem dämlichen Grinsen vor meiner Nase, und machte sich lustig über Connor. Mit geballten Fäusten sah ich sie an, als sie plötzlich zurückschreckte.

»Woah Mia, welche Tränke hast du denn genommen? Halloween ist erst im Oktober.«, meinte sie schnippisch. Cara und Connor sahen mich an und zogen mich in eine Ecke, wo man uns nicht sehen konnte.

»Mia. Was zum Teufel war das?«, fragte Cara verwundert.

»Was meinst du?«, ich sah sie verwirrt an.

»Deine Augen. Scheiße Mia, die haben

rot geglüht. Wie ein Dämon.«, meinte Connor. Ich konnte es ihnen nicht länger verheimlichen. Und ich hielt es auch nicht mehr aus. Ich brachte beide in unser Zimmer und klärte sie auf. Was gar nicht so leicht war, da ich es selbst nicht verstand.

»Ich hatte in den Ferien einen Streit mit meiner Mutter. Es ging darum, warum ich so spät über die Hexenwelt informiert wurde.«

»Ja und was war der Grund?«, fragte Connor und tippte nervös auf seinem Handy rum.

»Es liegt an meinem Vater, den sie vorher nie erwähnt hatte.«, meinte ich.

»Was hat der damit zu tun?«, meinte Cara.

»Er war ein Dämon«, sagte ich gerade heraus. Sprachlose Gesichter sahen mich an.

»Ach du scheiße. Was?«, Cara fand

zuerst zu sich.

»Ja so habe ich auch reagiert. Dämonen können wohl in Menschengestalt Kinder zeugen. Und damit mich niemand finden konnte, wurden meine Dämonisches Kräfte, die ich von Geburt auf an schon habe, blockiert.«, erklärte ich. »Jedenfalls bis jetzt. Denn sie zeigen sich ab und zu. Ich hätte fast mein Zimmer gesprengt, als ich es erfahren hab.«, erklärte ich ihnen aufgeregt. Ich war so erleichtert, dass ich es loswerden konnte, und hatte gleichzeitig Angst, dass sie gleich durchdrehen werden.

»Das ist ja sowas von cool«, haute Connor stattdessen raus. »Ich meine natürlich sind Hexen schon cool, aber eine Mischung aus beiden ist noch tausendmal cooler.«, meinte er. Ich hatte wirklich coole Freunde. Cara versuchte aber noch, ihre Gedanken zu ordnen, denn sie lief aufgeregt auf und ab.

»Cara, bleib doch mal stehen. Du rennst noch ein Loch in den Boden.«, meinte ich.

»Ich versuche nur, alles zu sortieren, was du erzählt hast.«, sagte sie.

»Glaub mir, für mich war es genauso ein Schock.«, meinte ich.

Nachdem wir uns alle beruhigt hatten, waren wir uns einig, dass ich meine Kräfte unter Kontrolle bekommen musste. Nur dazu musste ich erstmal herausfinden, welche dass eigentlich sind. Cara unterzog mich einigen Tests.

»Also bekanntlich sind deine Kräfte an deine Gefühle gebunden. Und Dämonen sind meistens böse. Daher kommen deine Kräfte meistens auch zum Vorschein, wenn du wütend bist. Du musst also deine Wut kontrollieren lernen.« Sie überlegte und hatte einen Einfall. »Atemübungen. Genau. Das senkt deinen Puls und deine Wut verpufft. Wenn du sie aber anwenden willst, dann musst du deine Wut anscheinend fokussieren.«, erklärte sie. Ich wusste bereits, dass ich Dinge explodieren lassen konnte. Aber der Rest war noch immer unklar.

»Versuchen wir mal was Einfaches.«, sagte Connor. »Dämonen haben meist telekinetische Fähigkeiten.«, erklärte er. Er stellte ein Glas Wasser auf den Tisch und verlangte von mir, dass ich es zu mir fliegen lassen sollte. Nach ein paar Versuchen gab ich frustriert auf.

»Das klappt doch nie. Dieses blöde Glas steht da und ich bin hier.«, meinte ich. »Und ich habe jetzt wirklich Durst. Soll ich dem Glas etwa befehlen. Los Glas komm her!«, sagte ich sauer. Und das Glas erschien in meiner Hand.

»Woah. Mia. Das ist nicht Telekinese. Du kannst Dinge materialisieren.«, sagte Cara erstaunt. Ich starrte immer noch das Glas in meiner Hand an.

»Mach das noch mal«, meinte Connor.

Wenn ich wüsste, wie ich das gemacht habe, aber ich versuchte es noch mal mit etwas anderen. Aber im Gedanken. Ich wollte den Stift, den Cara in der Hand hielt. Konzentration auf den Stift und was ich wollte. Ich fokussierte meine Wut auf den Stift, der in meiner Hand landen sollte. Und es funktionierte, er verschwand aus Caras Hand und erschien in meiner Hand.

»Krass. Sogar und ohne laut zu sprechen.«, meinte Connor. Und jetzt erhöhten sie den Schwierigkeitsgrad. Ein Objekt sollte nicht zu sehen sein und herkommen.

»Ich mach es mal einfach. Hol mal meine Zahnbürste her.«, sagte Connor.

»Bäh. Connor.«, meinte ich schüttelnd. »Ich versuch es mal.«, sagte ich. Das Teil wollte ich echt nicht anfassen. Ich konzentrierte mich auf sein Badezimmer und ließ die Zahnbürste in Connors Hand erscheinen.

»Cool. Du kannst es auch bei anderen?«, fragte er. Ich nickte ihm zu.

»Mittlerweile geht es wie von selbst. Ich visualisiere das Teil, was ich will und befehle ihm zu erscheinen«, erklärte ich ihnen.

»Dann wird es Zeit für ein Wutkontrolltest. Der ultimative Test. Es ist Essenszeit und wir werden bestimmt auf Nina treffen. Also Mia, lass dich nicht provozieren, bekomm deine Wut unter Kontrolle und lass Nina nicht vor allen anderen explodieren. Sowieso darf keiner davon erfahren.«, erklärte Cara. Ich hatte nicht vor, es jemanden zu erzählen. Sicherlich würde ich sogar von der Akademie fliegen.

Wir gingen runter in den Essenssaal und holten unser Essen, als Connor urplötzlich hinter uns auf dem Boden fiel. Cara und ich drehten uns um, und sahen Nina, wie sie Connor auslachte. Er richtete sich auf und schüttelte den Kopf. Er wollte mir klar machen, dass ich ruhig bleiben sollte. Ich atmete tief ein und wieder aus. Langsam klang meine Wut ab.

»Lasst uns essen gehen. So eine Schleimkugel wie Nina beachten wir doch gar nicht.«, meinte ich und grinste Nina fies an. Denn sie wusste ja nicht, was in ihrer Handtasche auf sie wartete. Es gab zwar keine Explosion, aber in ihrer Tasche ließ ich etwas materialisieren, was sie bestimmt nicht mochte. Während ich mich hinsetzte und aß, beobachtete ich Nina, wie sie in ihre Tasche griff und aufschrie. Ihre Hand war voller grünen, ekligen Schleim.

»Wer zum Teufel war das? Wer hat den Schleim in meine Tasche gepackt. Igitt. Meine Pradatasche. Die kostet ein Vermögen.«, fauchte sie wie eine Furie.

Kichernd versuchte ich, nicht hinzusehen.

»Mia, warst du das etwa?«, fragte mich Cara flüsternd und konnte sich ein Lachen nicht verkneifen.

»Wieso ich? Sie ist doch eine Schleimkugel, ist bestimmt ihr Haustier.«, meinte ich unschuldig. Cara stieß mich mit dem Ellenbogen in die Seite.

»Was denn?«, kicherte ich.

# Sieben

Ich lernte in den nächsten Wochen immer mehr meine Fähigkeiten kennen und beherrschen. Beide, meine Hexenkräfte und meine Dämonenkräfte. Wir vergaßen alle, dass eigentlich die Gefahr noch nicht vorbei war. Der Zerstörungsdämon war immer noch da draußen oder hier drinnen. Und niemand wusste, was er genau vorhatte, und wer ihn beschworen hatte. Es war ruhig, zu ruhig. Wie die Ruhe vor dem Sturm. Ich glaubte nicht, dass der Dämon und sein Meister nur eine Statue und ein Altar zerstören wollten. Wir hatten aber keine Anhaltspunkte, wer der Meister sein könnte.

*** 

An diesem Tag fielen unsere Kurse aus, da unsere Lehrer eine Konferenz abhielten. Connor, Cara und ich standen im Flur und unterhielten uns darüber, worum es bei dieser Konferenz ging.

»Was meinst du, geht es um den Angriff auf die Akademie?«, fragte mich Cara. Ich war mit dem Gedanken ganz woanders. Ich hatte in letzter Zeit sehr oft meine dämonischen Kräfte benutzt und hoffte, dass ich nicht erwischt wurde. Wenn rausgekommen wäre, dass ich in der Akademie zaubere und noch Schlimmeres tat, wäre ich sich rausgeflogen.

Und das durfte auf keinen Fall passieren, nicht jetzt, wo ich mich doch an alles gewöhnt hatte.

»Ich weiß nicht«, meinte ich und bekam

eine Gänsehaut, als mich ein kalter Wind streifte. Ein kalter Wind mitten im Gebäude und kein Fenster weit und breit? Das war merkwürdig.

»Habt ihr das auch gespürt?«, fragte ich die beiden und sah in fragende Gesichter.

»Was meinst du?«, fragte Connor.

»Den Wind eben?«, ich sah mich suchend um. Ich spürte etwas Magisches und Böses in der Luft.

»Nö, ich habe nichts gemerkt.«, meinte er.

»Irgendwas stimmt hier nicht.«, meinte ich misstrauisch.

»Du meinst, du kannst spüren, dass der Dämon hier ist?«, fragte mich Cara. »Sowas wie ein Dämonenradar?«, fügte sie hinzu.

Connor meinte, dass Dämonen andere Dämonen spüren konnten. Für sein Alter wusste er ziemlich viel. Es lag wohl daran, dass er viel am Handy und am Laptop war.

»Wir sollten dem auf den Grund gehen. Verfolgen wir einfach mal diesen Wind.«, meinte Cara. Wenn jemand rausfinden konnte, was hinter diesen Angriffen steckt, dann sicher wir.

Mit einer starken Unsicherheit, ob das eine gute Idee war, dem Lufthauch in den Keller zu folgen, wo er uns hinführte, machten wir uns auf die Suche. Umso tiefer wir in den Keller kamen, desto kälter wurde mir, und auch das Gefühl, dass hier unten etwas Merkwürdiges vor sich ging, wurde stärker. Als wir an einer geschlossenen Tür aus Metall ankamen, blieb ich stehen. Mir stellten sich die Nackenhaare auf.

»Er ist hier drinnen.«, sagte ich und starrte auf die Tür. Cara war kurz davor, die Klinke zu drücken und die Tür mit dem Dämon dahinter zu öffnen. Ich hörte eine finstere Stimme hinter der Tür murmeln. Wie eine Art Gesang. Der Dämon wollte etwas beschwören.

»Warte Cara. Wie sollen wir den Dämon denn besiegen? Wir sind nicht mal ausgebildet.«, hielt ich sie auf.

»Ich will ihn sehen. Vielleicht irren wir uns ja auch und es ist nur der Hausmeister.«, scherzte sie. Es war ganz sicher nicht der Hausmeister. Sie öffnete die Tür und mein Körper stellte sich sofort auf Verteidigung ein. Ganz automatisch. In meinen Händen kribbelte es wie verrückt. Ich atmete schwer. Cara öffnete die Tür mit einem heftigen Ruck. Wir sahen ein dunkles Wesen von schwarzen Rauchwolken umgeben. Ruckartig drehte sich der Dämon zu uns um.

»Waaas wooollt ihr hier? Verschwindet!«, drohte er uns. Er sah uns drohend an und wollte näherkommen.

In meinen Händen formte ich einen Feuerball, bereit ihn auf den Dämon zu feuern. Ich spürte, wie meine Augen glühten.

»Grrr. Hexendämon.«, fauchte er und verschwand wieder.

»Was war das denn? Ich dachte, der würde uns jetzt angreifen.«, meinte Cara verwirrt.

Connor sah mich lächelnd an.

»Ich denke, der Dämon hatte vor Mia Angst.«, erklärte er. »Er sagte Hexendämon«.

Dieser Dämon wusste, was ich war. Anscheinend konnte er es spüren, genauso wie ich ihn spüren konnte. Aber warum hatte er solche Angst vor mir? War es wirklich, wie meine Mutter sagte, dass Hybriden wie ich, gefährlicher als Dämonen waren? Wohl weil zwei starke Mächte in einer Person vereint waren.

Wir verschwanden aus dem Keller, so schnell wie wir gekommen waren. Gott weiß, was unsere Lehrer mit uns anstellten, wenn sie rausbekamen, was wir hier getan haben. Die Konferenz lief immer noch, unsere Abwesenheit fiel also nicht auf. Ich war immer noch unsicher, was sich da unten im Keller abgespielt hatte. Klar war, dass dieser Dämon etwas vorhatte. Nur was? Und würde er wiederkommen, jetzt da er wusste, dass ich hier war.

Eine Zeit lang war Ruhe. Wir hörten nichts darüber, was in der Konferenz besprochen wurde, auch nicht mehr von dem Dämon. Nur wünschte ich mir jetzt, meinen Vater an meiner Seite. Er könnte mir sicher mehr sagen zu diesem Dämon und vor allem zu mir. Was ich war und wer ich war. Eins war klar. Ich musste meine Mutter ausfragen, darüber was für ein Dämon mein Vater war, um mehr über mich herauszufinden.

## Acht

In den Osterferien hatte ich dann meine Gelegenheit, meine Mutter auszufragen. Der Fahrer der Akademie ließ mich einsteigen und auf den Weg nachhause überlegte ich mir, was ich für Fragen stellen sollte, und was genau ich wissen wollte. Es gab so vieles, dass ich wissen wollte. Wie hieß er? Warum war er anders? Welche Art von Dämon war er? Und was bedeutete es für mich?

Die Bäume zogen an dem fahrenden Auto vorbei und ich wurde langsam müde. Einige Minuten später schlief ich ein, und wachte in einem Traum auf.

*Überall Flammen. Schreie. Gebrüll. Ein großer dunkelhaariger Mann stand vor mir und reichte mir seine Hand.*

*»Steh auf Mia.«, er kannte meinen Namen.*

*»Du kannst mir vertrauen. Ich bin dein Dad«, sagte er und ich wusste instinktiv, dass es stimmte. Ich nahm seine Hand und er zog mich hoch.*

*»Wo bin ich?«, fragte ich. Die Hitze und der Schweiß fühlten sich so real an.*

*»Du bist in meiner Welt, und zum Teil ist es auch deine Welt.« Er sah sich nervös um und zog mich mit sich. »Wir müssen hier weg.«*

*Wir liefen nicht, sondern teleportierten uns an einen anderen Ort. Einen sicheren Ort, wie Dad meinte. Es sah aus wie eine*

*Höhle, tief unter der Erde.*

*»Hier können wir reden.« Ich sah ihn verwirrt an. Reden? Worüber reden? Ich wusste nicht mal, wie ich hierherkam. Vielleicht sollte ich damit anfangen.*

*»Was mach ich hier?«, fragte ich.*

*»Du weißt nicht, wie du hergekommen bist?«, er sah jetzt genauso verwirrt aus, wie ich eben.*

*»Nein, das letzte was ich weiß ist, dass ich im Auto saß auf dem Weg nachhause. Und ich muss eingeschlafen sein. Genau ich träume.«, meinte ich zuversichtlich, eine Erklärung gefunden zu haben.*

*»Klingt plausibel, aber eigentlich ist es das nicht. Ich denke, es ist eine Astralprojektion. Du hast nach mir gesucht und mich gefunden.«*

Erschrocken wachte ich wieder im Auto auf. Wir waren bei meiner Mutter angekommen. Und ich wusste gerade nicht, ob ich das eben geträumt hatte oder ich wirklich meinen Vater getroffen hatte. Ich stieg aus und wusste auf jeden Fall, was ich meiner Mutter zu Begrüßung sagen wollte.

»Hi Mum. Ich habe da ein paar Fragen.«

»Oh Hi Mia. Na, dann schieß los. Das ist ja eine Begrüßung heute.«, meinte sie halbherzig. Irgendwie war ich noch sauer, weil sie mir einfach alles verschwiegen hatte. Ich musste herausfinden, ob mein Vater möglicherweise noch am Leben war.

»Hast du eigentlich ein Foto von Dad?« Dad, das laut auszusprechen, klang seltsam. Ich hatte dieses Wort nie zuvor benutzt.

»Doch ich denke schon, dass ich noch ein Foto habe. Hier im Album.«, sie holte das alte Fotoalbum aus dem Regal und zeigte es mir. »Etwas staubig. Ich habe es ewig nicht mehr in der Hand gehabt«, meinte sie und blätterte ein paar Seiten durch. Meine Kindheit flog in Seitenform an mir vorbei. Dann hielt meine Mutter inne. »Hier ist es. Das einzige Foto von deinem Vater.«, sie lächelte mich an und wartete ab. Ich sah das Foto wehmütig an. Er war es wirklich, der Mann in meinem Traum war tatsächlich mein Vater. Wie konnte das sein? Ich hatte ihm nie zuvor gesehen, und dennoch wusste mein Unterbewusstsein genau, wie er aussah. Es sei denn, es war gar kein Traum.

»Was war er für ein Dämon? Ich meine, welcher Art entstammt er?«, wollte ich von meiner Mutter wissen. Von meinem Verdacht wollte ich ihr noch nichts erzählen. Es wäre zu früh.

»Er war ein Dämon der Telepathie, Telekinese und des Feuers.«

»Das klingt ja wie eine Mischung aus drei Dämonen. Ich dachte immer, es gibt nur eine Art von den Dämonen jeweils abstammen können.«, meinte ich.

»Eigentlich ist das auch so. Doch dein

Dad war ein Tribrid. Ein sehr gefährlicher, aber auch liebevoller und sensibler. Viel menschlicher als alle anderen. Deshalb verliebte ich mich auch in ihn.«, erklärte sie.

»Aber wie ist das möglich?«, fragte ich nach.

»Na ja. Sein Großvater war ein Feuerdämon, seine Großmutter ein Telepath und seine Mutter ein Telekinese-Dämon. Die Gene haben sich an einen Punkt getroffen. Es ist sehr selten aber kann dennoch passieren.«, meinte sie. Ich erklärte ihr, wie sich meine Kräfte inzwischen entwickelt hatten. Das ich Feuerbälle machen konnte und Dinge per Telekinese erscheinen lassen konnte.

»Klingt, als würdest du ganz nach ihm kommen.«, meinte sie. Nur wie das mit der Astralprojektion funktionierte, wusste ich immer noch nicht.

»Konnte er sich astral projizieren?«,

fragte ich vorsichtig nach. Sie sah mich verwundert an.

»Ja konnte er, das gehörte zu seiner Telepathen- Seite. Aber warum fragst du?«

»Nur so. Mich interessiert eben was er alles könnte.«, meinte ich. Sie nickte mir zu und strich mir über mein Haar.

»Du hast so viel von ihm und natürlich von mir. Du bist mehr als ein Hybrid aus Hexe und Dämon.«, sie klang traurig. Sie vermisste meinen Vater und sie hatte keine Ahnung, dass er womöglich noch am Leben war.

\*\*\*

Wir unterhielten uns noch lange über meinen Vater, ich wollte so viel wie möglich über ihn erfahren. Beim Fernsehen schlief ich dann ein, während ich an meinen Vater dachte.

*Wieder wachte ich in dieser dunklen Höhle auf, in der ich meinen Vater zum*

Schluss gesehen hatte. Da es wieder so heiß und real erschien, dachte ich mir, ich war wieder in einer Astralprojektion. Ich sah mich um und suchte meinen Vater. Rufend lief ich aus der Höhle, dachte aber dann, dass es sicher falsch wäre, hier Aufmerksamkeit auf sich zu ziehen. Irgendwo musste er doch sein.

Es roch nach Schwefel und Rauch. Ich war in einer Hölle, oder war ich in DER Hölle? Ich wusste nicht, wo ich war. Aber es war verdammt heiß. Hinter jeder Ecke konnte sich ein Dämon oder Schlimmeres verstecken. Eigentlich war ich es, die sich versteckte. Wo war er nur? Ich wartete lieber in der Höhle. Ein paar Stunden, so kam es mir jedenfalls vor. Es musste wirklich eine Astralprojektion sein, warum sollte ich sonst sowas sinnloses gerade träumen. Er kam nicht. Wo war er?

Ich wachte auf dem Sofa am nächsten Morgen auf. Ich war zugedeckt und streckte alle viere von mir. Meine Mutter stand in der Küche und machte Frühstück. Es roch nach frischgebackenen Brötchen.

»Das riecht ja lecker.«

»Ich wollte dich nicht wecken. Du hast so tief geschlafen.«, sagte meine Mutter.

Geschlafen?

Na ja, eigentlich war ich nicht mal wirklich hier, aber das konnte sie ja nicht wissen. Für Außenstehende sah es so aus, als würde ich schlafen. Ich konnte es aber noch immer nicht bewusst kontrollieren.

Als meine Mutter einkaufen ging, versuchte ich es diesmal bewusst durch eine Art Meditation.

Ich atmete tief ein und aus, während ich auf meinem Bett saß und die Augen geschlossen hielt.

*Konzentrier dich auf deinen Vater. Dad wo bist du? Komm schon. Dad. Ich fiel in eine Art Trancezustand und hob von meinem Körper ab. Es zog mich weiter* und weiter weg. Durch den Keller unseres Hauses hindurch, in die Erde hinein. Bis durch ein großes Portal. Wie ein großes leuchtendes lichtdurchflutetes Tor.

Es kribbelte, als ich da durchflog. Ich war körperlos aber konnte trotzdem alles um mich herum wahrnehmen. Dad wo bist du? Der Sog wurde stärker und schneller. Es zog mich immer weiter hinein. Und dann war ich wieder in der Höhle.

»Dad!« Er saß an einem Tisch und aß etwas. Erschrocken drehte er sich zu mir um.

»Mia, was machst du hier? Es viel zu gefährlich für dich hier. Wenn dich jemand entdeckt, dann ...«, er brach ab, um mich zu umarmen. Jetzt war ich mir sicher, ich war in keinem Traum, es war Wirklichkeit. Dad lebte noch. Aber wie war das möglich?

# Neun

*Es* war eine lange und traurige Geschichte, die mir mein Vater erzählte. Es war ein Kampf auf Leben und Tod. Er schickte meine Mutter mit mir weg, und stellte sich den Dämonen. Er kämpfte mit all seinen Kräften gegen sie und zwang sie wieder in den Untergrund. Meine Mutter ließ er im Glauben, er wäre tot. Wenn er sich gezeigt hätte, hätte er sie direkt zu ihnen geführt. Er war ein Geächteter in der Unterwelt und wurde gejagt.

»Dad kennst du diesen Zerstörungsdämon, von dem es verboten ist, ihm zu beschwören?«, fragte ich nach. Wenn ihn einer kannte, dann wohl er.

»Du meinst Curso«, er drehte sich zu Wand und rieb seine Schläfen. »Ja natürlich. Es ist einer der gefährlichsten Dämonen, die je existiert haben. Und wer immer ihn trotzdem beschwört, muss lebensmüde sein.«

»Ich habe gehört, dass dieser Dämon auch immer eine Gegenleistung verlangt«, meinte ich. »Wie ist das gemeint?«, fragte ich besorgt. Mein Dad erklärte mir, dass dieser Dämon, meist die Seele seines Meisters als Gegenleistung verlangt. Wie viele Dämonen ernährt er sich von Seelen anderer. Sein Meister erfährt aber erst am Ende, was er wirklich will.

»Dieser Dämon ist in unserer Akademie aufgetaucht. Und als er mich sah, ist er mit eingezogenem Schwanz abgehauen.«, erklärte ich ihm. »Das ist aber nicht alles, er hat irgendwas gemurmelt im Keller, bevor wir ihn überrascht haben. Wie eine Beschwörung.«

»Ich würde sagen, dann hat es jemand auf deine Akademie abgesehen. Und verstößt dazu gegen das Hexengesetz. Hast du einen Verdacht, wer es gewesen sein könnte, der ihn beschworen hat?«, fragte er. Ich verriet meinen Anfangsverdacht und erzählte ihm von Damien, der zu gleicher Zeit auftauchte, wie der Dämon. Und auch das er so viel über diesen Dämon wusste.

»Ich würde sagen, zu zutrauen ist es jedem. Du kannst niemanden trauen auf der Akademie, nicht mal den Lehrern.«

Mein Vater meinte, ich soll auf mich aufpassen und, dass ich die Einzige war, die diesen Dämon aufhalten konnte. Schließlich hatte er vor mir Angst. Als wir uns verabschiedeten, brach es mir das Herz.

»Du darfst nicht wieder herkommen. Es ist zu gefährlich für dich. Selbst wenn du alle Dämonen vernichten kannst, wozu du wahrscheinlich sogar fähig bist, solltest du dich von diesem Ort fernhalten.«, erklärte er mir unter Tränen, und umarmte mich ein letztes Mal.

»Aber ... Ich will dich wiedersehen.«, sagte ich in Tränen aufgelöst.

»Vielleicht werden wir uns eines Tages wiedersehen. Sag deiner Mutter nichts. Du weißt warum.«, meinte er und küsste meine Stirn liebevoll.

Ich wachte aus der Astralprojektion mit Tränen in den Augen auf. Vor mir stand meine Mutter und sah mich besorgt an.

»Was ist passiert?«

Sprachlos, weil ich nicht wusste, was ich sagen sollte, sah ich sie an. Schnell die Tränen weggewischt, gab ich vor, ich hätte einfach, was ins Auge bekommen.

»Bist du sicher? Du bist ganz rot im

Gesicht, und eben als ich reinkam, sah es aus, als wärst im Sitzen eingeschlafen.«, bemerkte meine Mutter. Ich sah sicherlich sonderbar aus.

»Nein. Alles gut«, ich stand auf und nahm mein Handy in die Hand, um auf die Uhr zu sehen. »Ist das Essen schon fertig? Ich habe Riesen Hunger.«, meinte ich, um abzulenken.

»Ihr Teenager habt wohl immer Hunger«, meinte sie scherzhaft. »Na los, sonst wird es kalt.«

\*\*\*

Es war nicht leicht, in den Ferien nicht an meinen Vater zu denken, ohne dass meine Mutter skeptisch wurde. Ich musste sogar aufpassen, dass ich nicht unbeabsichtigt wieder eine Astralprojektion mache zu ihm. Aber im Endeffekt waren es nur Träume.

Meine Versuche an etwas anderes zu

denken, endeten damit, dass ich die Akademie vermisste. Genauer gesagt, meine Freunde dort. Wir mussten endlich herausfinden, wer hinter diesem Dämon steckte.

# Zehn

Als die Ferien endlich zu Ende waren und ich wieder auf der Akademie war, konnte ich mich mit meinen Freunden auf das Wesentliche konzentrieren.

Wer war der Meister des Dämons? Und würde er wiederauftauchen, oder hatte er nun, da er mich kannte, etwa aufgegeben?

Wir hielten ab sofort jeden für verdächtig. Selbst die Lehrer. Jeder der auch nur ein Interesse daran hatte, die Akademie zu zerstören, und irgendwie Rache hegte, wurde von uns beobachtet. Das waren einige. Die Außenseiter, die niemand beachtete. Nina, die gerade erst bestraft wurde. Der Hausmeister, der eigentlich ganz nett war, aber immer die Drecksarbeit machen musste. Und das waren nur die Offensichtlichen. Die Worte meines Vaters brannten sich in meine Gedanken, wie eine Brandtmarke. *Zu zutrauen ist es jedem.* Es konnte eben jeder sein. Selbst jemanden, den wir vertrauten.

Ich nahm mir Damien vor, denn er tauchte auf, als der Dämon, dass erste Mal sein Unwesen trieb. Zudem wusste er verdächtig viel über die Geschichte des Dämons. Eine Verabredung mit ihm sollte mich näher ans Ziel bringen. Und wenn es nichts brachte, hatte ich wenigstens etwas Abwechslung.

Damien war eigentlich sehr nett, und wollte immer helfen. Aber vielleicht war das auch nur der Schein, der mich trügen sollte. Er sagte der Verabredung relativ schnell zu, was mich nicht sonderlich überraschte, da er ja schon immer Interesse an mir zeigte.

\*\*\*

»Schön, dass du Zeit hast.«, ich lächelte ihn mit meinem tollsten Lächeln an. Ich machte ihm Komplimente, und versuchte etwas rauszubekommen. Er verstand es gut, mich, um den Finger zu wickeln. Warum hatte er auch so einen reizenden Charme. Alles was er tat, und sagte, zog mich in seinen Bann. Es fiel mir zunehmend schwerer, mich auf das Ausfragen zu konzentrieren. Er lenkte immer wieder ab. Sein Flirten gefiel mir aber auch. Ich dachte immer, *Bitte lächle mich nicht so an.* Warum musste er auch so süß sein.

\*\*\*

Wir verbrachten den Rest des Tages miteinander, und es passierte, was passieren musste. Ich hatte völlig vergessen, warum ich mit ihm ausgegangen war. Als er mich auf mein Zimmer brachte, sahen wir uns in die Augen und kamen uns näher. Viel zu nahe. *Oh, bitte tue es nicht. Mia reiß dich zusammen.* Alles um uns herum war vergessen, und dann küssten wir uns. Wie auf Droge kam ich mir vor. Meine Beine wurden wackelig und mein Herz klopfte wie irre. Gleich würde ich umfallen einfach so. Dann löste Damien sich von mir. *Warum hörst du auf? Ich will mehr!* Was passierte hier? Das durfte nicht wahr sein. Warum passierte mir das gerade jetzt. Ich wollte mich nicht verlieben, ich wollte doch etwas rausfinden. Allerdings fand ich nichts raus. Und das wurmte mich zusätzlich.

Schüchtern und verlegen sah er mich an.

»Es tut mir leid, falls ich dich überrumpelt habe. Es ist nur, ich mag dich. Ich mag dich wirklich sehr.«, er trat sich abwechselnd auf die Füße. Die Situation war ihn sichtlich unangenehm, weil ich immer noch nichts sagte.

»Schon ok. Ich mag dich auch.« Jetzt war es raus. Ja ich mochte ihn. Leider zu sehr, um weiter gegen ihn zu ermitteln. Selbst wenn ich wollte, würde ich mit Sicherheit nichts gegen ihn finden. Meine rosa Brille saß sehr fest auf meiner Nase.

*** 

Cara merkte schnell, was los war, und obwohl ich nicht wollte, dass sie ihn beobachtete, tat sie es trotzdem. Zum Wohle der Gemeinschaft, wie sie meinte.

Zu meiner Überraschung war sie besser darin als ich. Sie verfolgte ihn nicht nur, sie brach auch in sein Zimmer ein. Unsichtbar. Ich war doch die mit den Superkräften, und nun war sie unsere Heldin.

»Ich habe was gefunden. Etwas das Damien gar nicht haben dürfte.«, sie kramte in ihrem Rucksack und holte ein dickes Buch raus.

»Was zum Teufel ist das?«, sagte ich geschockt. Ein in Leder gehülltes, sehr altes Buch hielt Cara in den Händen.

»Das hier. Ist DAS Buch. Welches verboten wurde. Es war gut versteckt in einem Karton unter seinem Bett. Ich habe es nur gefunden mit einem speziellen Zauberspruch.« Wieder nutzte sie verbotenerweise Magie.

## Elf

Damien hatte also wirklich etwas zu verbergen. War er wirklich derjenige, der den Dämon beschworen hatte? Warum? Er hatte dieses verbotene Buch in seinem Zimmer. Ich wollte es nicht wahrhaben. Es konnte nicht sein, es durfte nicht sein. Dieser nette Junge, für den ich mich plötzlich interessierte, sollte einen der gefährlichsten Dämonen aller Zeiten beschworen haben und meine Akademie zerstören wollen? Bevor ich das begreifen konnte, brauchte ich noch Gewissheit. Vielleicht war es nur ein Zufall. Aber woher hatte er dieses Buch?

»Hey Leute. Was macht ihr grad?«, Damien stand plötzlich hinter uns und sah so unschuldig aus wie gestern Abend, als wir uns noch geküsst haben.

»Moment mal. Das Buch kenn ich doch. Habt ihr etwa in meinem Zimmer geschnüffelt?« Ich sah ihn erstarrt an. Unfähig etwas zu sagen.

»Du gibst es also zu, dieses Buch versteckt zu haben?«, fuhr ihn Cara an.

»Ich habe es versteckt, ja. Aber zuvor hatte ich es zufällig gefunden.«, konterte er.

»Natürlich. Ein verbotenes Buch, liegt hier mal eben rum? Wen willst du eigentlich verarschen?« Die beiden diskutierten wild los, während ich immer noch nichts sagen konnte. Versuchte er sich gerade rauszureden, obwohl die Beweislage für ihn erdrückend war?

»Es ist nicht so, wie es aussieht. Versteht

doch.« Und da war er, der berühmte Satz, eines Menschen, wenn er ertappt wurde. Es ist nicht so, wie es aussieht. Bevor ich mir noch mehr Mist anhörte, ging ich den Tränen nah und enttäuscht auf mein Zimmer.

»Mia. Warte.«, rief mir Damien nach.

Ich wollte ihn aber nicht sehen. Nicht jetzt, und eigentlich nie wieder. Ich wusste nicht, was schlimmer war, dass er mich so belogen hatte, oder dass er wirklich vor hatte die Akademie zu zerstören und sein eigenes Leben in Gefahr brachte.

\*\*\*

Weinend lag ich auf dem Bett und versuchte, meine Wut zurückzuhalten.

Ich wollte nicht diejenige sein, die am Ende das Gebäude sprengte.

Cara klopfte an die Zimmertür. Sie wollte nachsehen, wie es mir ging.

»Tut mir leid. Ich weiß, das ist jetzt

nicht der richtige Augenblick, aber was machen wir jetzt mit ihm? Und vor allem mit dem Buch?« Sie hatte recht. Wir mussten ihn melden und das Buch der Direktorin übergeben.

»Wenn wir ihn melden, dann wird Mrs. Crumnickl wissen wollen, wie wir darangekommen sind. Und dann bekommst du Ärger, weil du Magie angewendet hast.«, erklärte ich Cara. Wir waren in einer Zwickmühle.

Ein kleines Stück in mir hoffte immer noch, dass wir uns irrten und Damien die Wahrheit sagte.

Bei nächster Gelegenheit ergriff er die Chance und fing mich ab. Er wollte mit mir reden und mir alles erklären.

»Mia, warte. Ich habe das Buch wirklich gefunden.«, sagte er und stellte sich vor meiner Tür auf, damit ich nicht in mein Zimmer konnte.

»Ja wahrscheinlich bei dir zuhause. Du

weißt doch eh so viel über diesen Dämon. Von Anfang an wusstest du alles über ihn.«, protestierte ich.

»Ja von meiner Mutter, das habe ich dir doch erzählt.« Damien blieb bei seiner Version und würde mich nicht eher in mein Zimmer lassen, bevor ich ihn glaubte oder wenigstens so tat.

»Ich kann dir nicht sagen, wo ich es gefunden habe, ich würde uns alle in Gefahr bringen. Aber ich schwöre beim Leben meiner Mutter, dass ich die Wahrheit sage. Ich habe nichts mit diesem Dämon zu tun. Im Gegenteil, ich wollte etwas mehr über ihn erfahren.«, meinte er.

»Und warum hast du uns nichts von deinem Fund erzählt? Warum hast du es verschwiegen? Das macht dich nur verdächtiger, das solltest du eigentlich wissen.« Er ließ mich jetzt in mein Zimmer, aber nur damit er mit mir in Ruhe reden konnte.

»Wie gesagt, ich wollte euch nicht in Gefahr bringen. Und wenn das alles vorbei ist, erkläre ich euch alles. Wichtig ist nur, dass wir herausfinden müssen, wer sein Meister ist.«

In seinen Augen war kein bisschen Lügen zu sehen. Im Gegenteil er flehte mich förmlich an, ihm zu vergeben und zu glauben. Als Gegenleistung, dass ich ihm glaubte, wollte ich, dass er mir alles erzählte, was er rausgefunden hatte. Was nicht gerade wenig war.

*** 

Damien erklärte mir, dass sein Meister nur jemand sein kann, der Dämonologie studiert hatte und damit über die Konsequenzen seines Handels mit dem Dämon Bescheid wusste. Jemand der nichts zu verlieren hatte.

»Jeder, der sich mit dem Dämon einlässt, muss sich darauf einstellen, seine

Seele zu verkaufen. Er wird nur dann seinem Meister gehorchen, wenn er diese versprochen bekommt. Dazu kommt, dass der Dämon eigentlich verbannt wurde, und somit von keiner normalen Hexe beschworen werden konnte.«, erklärte er mir. Es hatte sich sehr intensiv mit dem Dämon beschäftigt.

»Fassen wir es also zusammen: Eine lebensmüde, psychopathische Hexe, die ein Profi in Dämonologie ist, und dazu noch ungeheure Kräfte besitzt, hat diesen Dämon beschworen und wahrscheinlich auch noch das Buch rein zufällig verloren.« Rein zufällig oder um den Verdacht, auf jemand anderen zu lenken.

»Mich faszinieren einfach Dämonen, aber beschwören würde ich niemals einen.«, meinte er beschwichtigend. In dem Moment dachte ich fast daran, ihm zu erzählen, wer mein Vater war und was ich war.

»Ich versteh´ schon.«, erwiderte ich nachdenklich. Er klang wirklich aufrichtig und es fiel mir schwer, ihn nicht zu glauben. Für den Anfang glaubte ich ihm, aber nur solange, bis wir den wahren Meister fanden. Falls wir ihn fanden.

## Zwölf

Wir machten uns alle Listen mit den Hexen und Hexer, die einen Groll gegen die Akademie hegten. Wie schon erwähnt waren das einige, aber nur wenige kannten sich in Dämonologie aus.

Da uns Damien immer noch nicht gesagt hatte, wo er das Buch gefunden hatte und ich auch nicht mehr spürte, dass der Dämon hier war, blieb uns nichts anderes übrig, als abzuwarten.

\*\*\*

Connor, Damien und ich saßen in der

Bibliothek und versuchten uns über verschiedene Kräuter zu belesen. Als Ablenkung versteht sich, denn damit konnten wir sicher keinen Dämon besiegen. Cara hingegen meinte, sie hätte noch etwas zu tun und würde später nachkommen. Allgemein war sie zu Zeit oft abwesend. Ich dachte, sie würde einfach nur ihren Verdacht nachgehen und einige überprüfen, aber irgendwie wurde ich das Gefühl nicht los, dass mit ihr etwas nicht stimmte. War es, weil die Sommerferien nahten und sie zum Blutritual musste? Oder bereitete sie sich auf die Prüfungen vor?

*** 

»Was war das?« Ich spürte einen kalten Wind. Mein Dämonenradar sprang an.

»Was ist?« Damien sah mich verwundert an. Ich hatte ihm noch immer nicht gesagt, dass ich ein halber Dämon war.

Connor sah mich besorgt an und versuchte abzulenken.

»Ähm, hast du das Geräusch nicht gehört?«, sagte er zu Damien. Er deutete mir, dass ich mitspielen sollte.

»Ja genau, da war so ein merkwürdiges Trampeln.«, meinte ich und ging zu Tür. Wir mussten nachsehen.

»Ich habe nichts gehört, aber wir können ja mal nachsehen.«, meinte Damien und zuckte mit den Schultern.

\*\*\*

Der kalte Wind führte uns wieder Richtung Keller.

»Das Geräusch kam von hier? Seid ihr sicher?«, fragte Damien unsicher.

»Ja doch, ganz sicher.«, meinte ich. »Ich glaub's nicht. Schon wieder dieser Raum.«, sagte ich zu Connor.

»Wieso schon wieder? Wart ihr schon mal hier?«, fragte Damien verwundert.

»Ja leider. Wir sind dem Dämon hier begegnet. Dann sah er mich und bekam Angst.«, meinte ich lachend. Damien sah mich ungläubig an. Warum auch nicht, wieso sollte ein Dämon Angst vor einer Anfängerhexe haben. Er kannte die Wahrheit noch nicht über mich.

»Und dieser Dämon ist jetzt wieder hinter dieser Tür?«, fragte er. Ich nickte ihm zu und wollte die Tür auf machen.

»Wartet! Was macht ihr denn hier?«, rief Cara plötzlich hinter uns. Das könnte ich sie auch fragen. Wo kam sie her und vor allem, warum ging sie in den Keller?

»Und was machst du hier?«, fragte Connor schließlich. Cara stotterte rum, als hätte sie ihre Hausaufgaben vergessen.

»Ich ... ähm ... hab euch hier reinlaufen sehen.«, meinte sie und wirkte sichtlich nervös.

»Trotzdem geht da nicht rein. Das ist viel zu gefährlich, wenn da wirklich dieser

Dämon drin sein sollte.«, sie wollte uns davon abhalten die Tür zu öffnen, und stellte sich zwischen mich und der Tür.

»Cara, was soll das? Geh da weg. Du weißt doch, dass der Dämon eh Angst hat vor mir.« Aus der mutigen Cara, von einst, wurde plötzlich ein Angsthase.

»Ich will nur nicht, dass ihr verletzt werdet.«, meinte sie, während ich sie weg-drängte. Endlich konnte ich die ver-dammte Tür aufmachen.

»Nein.«, schrie Cara und rannte in den Raum hinein. Was war nur los mit ihr? Beim letzten Mal war sie noch ganz ver-sessen darauf, den Dämon zu sehen.

Bevor ich weiter darüber nachdenken konnte, standen wir vor dem Dämon, der wieder vor diesem Brunnen schwebte.

»Meister. Warum hast du mich nicht vor diesen Hexendämon gewarnt, beim letzten Mal?«, zischte er. Meister? Er sah in unsere Richtung, ich konnte nicht genau ausmachen, wen er von den dreien meinte. Aber außer Cara wirkte keiner von den Jungs auch nur irgendwie ertappt.

***

»Verdammt.«, sagte Cara schließlich.

»Du hast uns gerade verraten, Curso.«, meinte sie und ging einen Schritt auf ihm zu. »Warum musstest du auch was sagen? Du hattest nur eine Aufgabe.«, meinte sie.

Ich erkannte Cara nicht wieder. Sie sollte Curso beschworen haben? Wie? Sie war eine Anfängerhexe. Hatte doch noch nicht mal das Blutritual hinter sich, und noch weniger Unterricht in Dämonologie.

»Was zu Hölle geht hier vor Cara?«, fragte ich wütend.

»Was hier vor geht? Ganz einfach. Ich habe zufällig das Buch gefunden mit dem Beschwörungszauber. Irgendein Trottel hat es nicht gut genug versteckt. Ich sah meine Chance.«, meinte sie.

»Für was? Und wie? Du hast gar nicht die Fähigkeiten dafür.«, meinte Damien und stellte sich vor ihr.

»Meinst du? Ich vielleicht nicht, aber meine Tante, sie ist die Lehrerin für Dämonologie. Habe ich wohl vergessen zu erwähnen. Sie rief den Dämon für mich. War natürlich nicht so begeistert von der Idee.« Ich erkannte langsam, dass in Cara schon immer böses Blut war. Die Rache an Nina war nur der Anfang. Und damit der Verdacht nicht auf sie fiel, ließ sie das Buch von Damien finden, damit wir ihn verdächtigen, würden. Oder besser gesagt, damit sie es sich wiederholen konnte, ganz ungeniert.

»Du bist so krank, Cara. Was war dein Plan? Die Akademie zu zerstören?«, fragte ich, während ich aufpasste, dass ich nicht die Akademie zerstörte, denn in mir kochten meine dämonischen Kräfte.

»Ja ich hatte genug davon, für andere

lernen zu müssen und nicht Zauber zu dürfen. Ich wollte Magie anwenden, wann immer ich wollte. Und das will ich immer noch. Also Curso, walte deines Amtes. Ich verschwinde hier. Euch noch viel Spaß.«, meinte Cara und wollte gerade zu Tür hinaus.

»Du bleibst hier. Und du kannst zu sehen, wie ich deinen Dämonen zerstöre. Und damit dein Leben rette. Du kannst mir später danken.«, meinte ich verschwörerisch.

»Pah! Als ob.«, prustete sie los. Damien sah mich genauso ungläubig an.

»Wie meint sie das? Zerstören?«, fragte er Connor.

»Na ja. Sie ist ein halber Dämon. Wie Curso schon gesagt hat, eine Art Hexendämon oder sowas. Lange Geschichte. Erklärung folgt später. Wir sollten verschwinden.«, erklärte er ihm.

Curso kam näher, und seine Augen

leuchteten rot. Das konnte ich auch. Ich spürte, wie meine Augen anfingen zu leuchten.

»Zeit zu verschwinden Curso.«, ich formte mit meinen Händen einen gefährlich glühenden Feuerball. Genau richtig konzentriert, um Curso zu zerstören. Woher ich das wusste? Ich weiß es nicht. Ich spürte es einfach.

Curso stürmte auf mich los, und meine Freunde hinter mir versuchten, sich zu retten. Mit einem lauten Schrei warf ich den Feuerball in seine Richtung und hörte wie er seine Wirkung nicht verfehlte. Der Dämon glühte auf und verpuffte dann in eine kleine Rauchwolke.

Irgendwas sagte mir, dass er nicht verbannt wurde, sondern sein endgültiges Ende fand.

»Jetzt zu dir, Cara.« Sie sah mich ängstlich an und drückte sich mit dem Rücken gegen die Wand. Ihre Angst war begründet, ich hätte sie töten können. Aber mein Plan war ein anderer.

***

Ich klopfte an Mrs. Crumnickles Tür und bat um Einlass. Erfreut über unseren Besuch war sie nicht wirklich.

»Nun was kann ich für euch tun.«, fragte sie mit zusammengefalteten Händen sitzend am Tisch.

»Cara wollte ihnen etwas sagen.«, ich stieß sie in die Seite und forderte sie auf zu reden.

»Ich war´s«, sagte sie kurz.

»Du warst was?«, fragte Mrs. Crumnickle.

»Alles. Ich habe Nina bloßgestellt. Ich habe mit Hilfe meiner Tante, den Dämon beschworen und wollte die Akademie zerstören.«, sagte sie.

»Das ist ein Witz, oder? Cara du und deine Tante bekommt dafür die Höchststrafe, das ist dir hoffentlich klar.«, meinte Mrs. Crumnickle.

»Und hier ist auch das Buch, in dem sie die Beschwörung gefunden hat.«, ich übergab ihr das schwere Buch, von dem froh war, es endlich loszuwerden.

»Danke Mia. Ich werde es gleich zerstören. Es darf nie wieder falsche Hände geraten.«

Cara stand nervös neben mir. Höchststrafe bedeutete, sie würde nicht nur von der Akademie fliegen, sondern auch ins Hexengefängnis kommen.

»Mia bevor du gehst. Ich werde dich ausnahmsweise nicht fragen, wie du dahintergekommen bist, dass es Cara war.«, sie zwinkerte mir zu.

# Dreizehn

Cara wurde wie erwartet aus der Akademie geschmissen. Was mich und Damien anging. Ich war ihm eine Erklärung schuldig. Er hörte mir gebannt und zu, und war gar nicht sauer. Viel mehr war er begeistert, davon dass seine Freundin, ja richtig, wir waren nun ein Paar, ein halber Dämon war.

\*\*\*

Die Wochen vergingen wie im Flug und schon stand Blutritual an. Ich hatte wahnsinnige Angst, dass beim Test rauskommen würde, was ich war.

*** 

Wir versammelten uns alle im Saal, um nacheinander, wie bei der Einweihungszeremonie nach vorne zu kommen. Diesmal war es ein anderer Zauber. Dieser gab Aufschluss darüber, in welche Richtung unsere Entwicklung und letztendlich unser Schicksal sein würde.

Umgeben von unseren Eltern und Freunden warteten wir darauf, was das Schicksal für uns plante.

Meine Mutter war spät dran. Ich wollte nicht ohne sie sein, wenn ich da hoch gehe, aber sie war wie immer zu spät.

Damien war begeistert von Dämonen, aber würde er auf die böse Seite kommen und Dämonologie studieren oder wäre er am Ende eine Kräuterhexe und damit das ganze Gegenteil. Und was sollte ich sein?

Nacheinander wurde das Schicksal eines

jeden Hexers und einer Hexe ausgelotet.

Grinsend ging jetzt Damien nach vorne. Er ließ etwas Blut in den Topf fallen und wartete die Rauchwolke ab, die sein Schicksal verkünden sollte.

Ein helles Licht erschien. Das war das Zeichen für eine weiße Hexe, und indem Fall für Lichtmagier. Damien lächelte zufrieden. Lichtmagier waren in der Hexenwelt so etwas wie Hüter und Beschützer. Es passte zu ihm. Mit seinem Wissen über Dämonen wäre er ein perfekter Wächter.

Connor ging nervös nach oben und wartete auf seine Rauchwolke. Ein helles Licht in Form eines Buches erschien. Ich musste lachen, denn es bedeutete, dass er ein Zauberlehrer sein würde.

Der alte Streber Connor wurde ein Lehrer.

Dann war ich dran. Nervös und ängstlich schritt ich nach oben und sah auf meine Uhr und zum Eingang des Saals. Meine Mutter war noch immer nicht da.

*Mum, wo bleibst du?*

Mein Herz schlug mir bis zu Hals. Tief durchatmen, sagte ich mir. Mein Blut tropfte in den Topf voller Kräuter und Magie. Ich schloss die Augen und wollte es nicht sehen. *Sie wird es verpassen.*

Um mich herum jubelten alle. Ich öffnete die Augen und sah ein grelles Licht, wie bei Damien. Lichtmagier. Ich war eine weiße Hexe und sollte mit Damien zusammen studieren. Tränen der Erleichterung liefen mir die Wange runter. Da sah ich sie endlich. Meine Mutter stand neben Damien und den anderen, lächelte mich stolz an. Ich rannte von der Bühne zu ihr und umarmte sie.

Ich wünschte, mein Vater konnte mich gerade sehen.

»Siehst du? Alles ist okay.«, meinte Damien und umarmte mich.

Es war alles gut gegangen. Meine Mutter war doch noch rechtzeitig hier.

Nur mein Vater fehlte mir so unsagbar. Ich konnte ihn doch nicht dort lassen, und meine Mutter in den Glauben, er wäre tot.

*Ich hole dich da raus, Dad. Irgendwie schaffe ich es.*

Abends fand eine große Feier statt, mit einem Feuerwerk, dass sie Sommerferien einleitete.